私は足が遅い
なのに体育祭でリレーに割り振られてしまった
体育際の種目変更してもらいたいんだけど…
…今から？
メンバーを決めたのはちょっと不愛想なクラスメイトの加島晴人《かしまはると》
陸上部のエースでみんなからは
「一〇〇《ヒャク》mの王子《プリンス》」なんて呼ばれている
こっ困るよ 勝手に
みんなに迷惑かけちゃうよ
明日から朝練するから
やっぱり苦手だ…

ハァ…
強制的に始まった
二人きりの朝練
ハァ
立木《たちき》さん
すっげー走り方
月面歩いてるみたい
笑いすぎだよ・!
よくなってきたよ
憂鬱《ゆううつ》だったはずなのに
苦手だったはずなのに
今はもう
別の気持ちで
いっぱいだ…

俺と付き合ってくれる？
ずっと前から好きだった
うれしくて 恥ずかしくて…
ドキドキする

強豪校では
男女交際禁止が
当たり前なんだって
恋愛すると
陸上に専念できなくなるから
わたし 加島君の
負担になってる…？
わたしがいたら
足引っぱっちゃうかも…
紗百《すもも》、俺
キミがいないと
走れない
キミにつり合う
彼女になりたい
加島くん
大好きです

野いちご文庫

キミに届けるよ、はじめての好き。

tomo4

スターツ出版株式会社

contents

キミに届けるよ、初めての好き。

characters

加島《かしま》晴人《はると》

紗百と同じクラスのイケメン。将来を期待されている陸上部員だけど、不愛想な一面も。

立木《たちき》紗百《すもも》

素直だけどちょっと天然な高2。運動音痴で足が遅いのに、体育祭でリレーを走ることに。

吉崎《よしざき》先生

数学教師で陸上部の顧問。伸び悩む加島を何かと気にかけている。

夢崎《ゆめざき》彩花《あやか》

紗百の親友で同じクラス。美人で大人っぽく、サバサバした性格。

高梨《たかなし》俊介《しゅんすけ》

彩花の彼氏とバンドを組んでいる。個性的なキャラでモテモテ。

一〇〇m走をすっごく速く走るから〝一〇〇《ヒャク》mの王子《プリンス》〟なんて呼ばれている。

そんな陸上部の超有名人に〝運動苦手女子〟のわたしの気持ちなんて、わかるわけない……。

「そーゆーことは練習してから言えば？」

冷たく言い放つ、無愛想な声。強気な黒い瞳《ひとみ》。

はしゃいでいる姿なんて見たことがない。

こ、こんな人とふたりきりで朝練だなんて、絶対に絶対に、ありえないんだから！


高二、陸上部所属。

一〇〇mで何秒を叩《たた》きだせるか。

コンマ〇一秒に賭《か》ける高校生スプリンター、加島晴人《かしまはると》。


体育祭の障害物走でネットに絡まり、救出されるという過去の持ち主、立木紗百《たちきすもも》。

高二、帰宅部。


そんなふたりが恋に落ちたら……⁉

無口で無愛想なアイツは、
〝一〇〇ｍの王子〟
不機嫌なスプリンター

「ゞえーーーっ！」

朝のSHR。

二Aの教室のどまん中で、わたしは濁点つきの悲鳴を上げた。

「ウ、ウソでしょ、これ？　どーゆーこと？」

隣の席の親友、ユメちゃんこと夢崎彩花《ゆめざきあやか》をすがるように見つめる。

わなわなと震える手にはオレンジ色の小冊子。

二週間後に行われる、うちの高校の体育祭用プログラムだ。

たった今、配られたばっかのやつ。

「どーした、スモモ？」

尋常じゃないわたしの様子に、ユメちゃんが驚いて、こっちを見た。

開いたページの一ヶ所をグイグイ指さして、口をパクパクさせる。

「これこれこれこれこれ！」

「どれどれどれどれどれ？」

身を乗りだして、わたしの指が差す先を確認したユメちゃんが次の瞬間、軽くのけぞった。

「うわ、なにこれ？　どーゆーこと？」

「だからそれを、わたしが聞いてる……！」

プログラムは進行表の役割も果たしているらしく、開いたページには種目ごとに出場者の氏名がずらりと並んでいた。

コースや走順まできっちりと、ご丁寧に。

わたしが指さしているのは、『クラス対抗リレー』のメンバー表。

その第七走者の欄に、『立木紗百』という名前がしっかりくっきり印刷されてあったのだ。

立木紗百……。

そう、これがわたしの名前。

「うわ、これ一番熱いやつだ」

ユメちゃんが、呟《つぶや》いた。

「そーだよ、ありえないんだから」

毎年十一月初めに開催されるウチの学校の体育祭は、クラス対抗で競い合う。

競走や競技の着順を得点化して集計するわけだけど、とくに得点の高いのがリレー。

どのクラスも気合いを入れて、そのメンバーを組むんだ。

男子の八〇〇mリレー、女子の四〇〇mリレー、そして男女八人が一〇〇mずつをバトンでつなぐこのクラス対抗リレーね。

とくにプログラムのラストを飾るクラス対抗リレーは、優勝を賭けてランナーと応援席とが一体となり、最高の盛り上がりを見せる、いわばメインイベント的なやつなんだ。

「そんなの走れるわけないもん」

自慢じゃないけど、わたしの足は遅い。

運動も苦手だ。

去年だって完全に、やらかしちゃっている……。

思い出したくもない過去が脳裏によみがえった。

う～……。


去年の体育祭……。

障害物走に出場したわたしは、地面に張ったネットをくぐって、ほふく前進のように進むゾーンで、なぜかネットに髪が絡まって動けなくなっちゃったんだ。

初めはヘアピンが引っかかって、外そうとすればするほど、どんどん髪が絡まっていって……。

一緒にスタートした競争相手はみんな、とっくにゴールしちゃってるのに、ひとり取り残されて……。

全校生徒の目の前で笑いものにされちゃうし、レースだって中断しちゃうし。

結局、係の人に救出されるまで、わたしはネットの中でひとりジタバタしていた。

恥ずかしすぎる過去……。

そんなわたしがリレーなんか走れるわけないもん。

「あ、わたしは障害物走だ」

パラパラとプログラムをめくりながらユメちゃんが言った。

そんなぁ……。なんで、わたしだけリレーなの？

しかも、選ばれた記憶ないし……。

「ねぇ、これ、いつ決めたっけ？　体育祭の出場種目」

反対隣の男子に恐る恐る聞いてみる。

「先週の火曜かな、ほらＨＲの時間」

先週の火曜……？

「あ、ライブの日だ」

横からユメちゃんが言った。

そっか、その日はユメちゃんがハマッているバンドのライブがあって、ふたりで見にいったんだ。

早めに行ってグッズを買いたいってお願いされて……そうそう、六時間目のＨＲをサボッて会場に向かったんだった。

「え、いない間に、決まっちゃったの？」

隣の男子に聞いたけど、「さぁ」と、そっけない。

男女に分かれて決めたから、知らないらしい。

そこで、うしろの席の女子に聞いてみた。

「ゴメンね、わたし、よくわかんない」

同じ質問をすると、その子はちょっと気まずそうに目を逸《そ》らした。

仕方なく近くの席の子に片っ端から聞いたけど、なんだかみんな、はっきりしないんだ。

「さぁ……誰が決めたんだろう？」

「大丈夫だよ。立木さん、わたしより速いもん」

「えっ、スモモ知ってると思ってた」

口々にそう言いながら、みんなビミョーに目を逸らす。

これって……。

「完全に押しつけられたパターンだ……」

ユメちゃんがボソッと呟いた。

と、とにかくわかったことは、体育委員の人が取り仕切って出場者を決めていったってこと。

次の休み時間になったら、女子の体育委員の松山《まつやま》さんのところへ断りにいこう。

悪いけど、そうするしかない。

「ごめんなさい！　わたし足が遅くて、リレーなんてホントに無理なの！」

授業終了のチャイムとともに席を立ち、松山さんの席へ行って丁重に頭を下げた。

必死で訴えたが、松山さんはそんなわたしを見て、どんよりとした顔になっていく。

「ゴメンね。立木さんに断られたら、ホントに困る。みんなリレーに出るのイヤがっちゃって、話し合いにならないの」

「そんなに……？」

去年のクラスではリレーに出たいって子が案外多くて、ジャンケンで一〇〇m走に回されてたぐらいだったのに……。

うちの体育祭では、ひとり一種目の徒競走出場が義務づけられている。

足が速いからといって、いくつも掛け持ちでレースに出られない代わりに、遅いからって出場をパスするわけにもいかないんだ。

みんな、なにかしら走らなきゃいけないお約束。

といっても、わたしみたいに足が遅くても気軽に出場できる種目もある。

一〇〇m走や障害物走は個人競走だし、加点も少ないから、安心して走れるんだ。

「全部、鈴木《すずき》が悪いのよ」

いまいましげに松山さんが呟いた。

「鈴木って、男バスの？」

「うん。HRで、今からみんなで出場種目を決めようってときに、アイツ、急に立ち上がって叫んだんだ。『絶対優勝するぞー！』って」

「へぇー」

「でね、『たいしたタイムでもないくせにリレーにしゃしゃりでて、足引っぱるようなヤツがいたら俺が許さねー』って言ったんだよ」

ヒエー……。

松山さんの話によると、一学期の水泳大会も、うちのクラスは惜しいところで優勝を逃していて、『今度こそ絶対に優勝だ』って男子の一部が激しく盛り上がっているらしい。

熱血スポーツバカの鈴木くんを筆頭にして……。

「それで、リレーに出たいって子が激減しちゃったわけよ」

松山さんの顔が悲しげにゆがんだ。

いやいや、悲しいのはわたしだよ。

ぶざまに走って恥をかくだけじゃなく、クラスのみんなに迷惑かけて、そのうえゴリラのように恐ろしげな鈴木くんに怒られるんだ……。

冗談だと言ってほしい。

「わたしが代わってあげられたらいいんだけど」

聞くと松山さんは四〇〇mリレーのアンカーらしい。

陸上部だっけ？　足速いんだ。

そんな人の代わりなんて、もっと無理だし。

「希望者がいないならジャンケンで決めようって言ったら、泣きだしちゃう子までいて、もうわたし、どうしようもなくてさー。今から決め直すとなると、かなり大変そうでしょ？　だから出たくなかったら、立木さんのほうで代わりに走る子を探してきてくれない？」

HRでの話し合いはかなり難航したらしく、松山さんは、ちょっとウンザリしたように、そう言った。

「い、いるかなぁ、代わってくれる人……」

「もしダメだったら、加島くんに相談してみてよ」

「か、加島くん？」

「男子の体育委員だから。それに、リレーの最後のひとりが、どうしても決まらなくて、結局、立木さんで行こうって決めたのは加島くんだったし。責任とって、なんとかしてもらって」

最後はとてもあっさりと、しかも、かなり他人任せに松山さんは言った。

「う……ん」

か、加島くんって……。

「やだなぁ、わたし、あの人苦手なんだけど」

いつの間にか隣に来ていたユメちゃんも、コクコクとうなずく。

無愛想でとっつきにくくて怖そうで、しゃべったことのない、陸上部の有名人。

一〇〇m走をすっごく速く走るから〝一〇〇mの王子〟なんて呼ばれている。

「じゃ、ゴメンね。よろしく」

だけど、話はそれで終了しちゃったみたいで、結局わたしは次の休み時間から、代わりにリレーに出てくれる人を探さなければならなかった。

「リレーと代わってもらえないかな?」

昼休みを全部かけて、一〇〇m走や障害物走に出る子たちのところを、ひとり残らず回ったけれど、無駄だった。

リレーの話になったとたんに、みんな顔を曇らせ、「ゴメン、無理」って目を逸らしちゃうの。

「わたしが代わろうか？」

ユメちゃんが見かねて声をかけてくれる。

だけど、同じく運動が苦手なユメちゃんがわたしの代わりに鈴木くんに怒られるのかと思うと、やっぱり違うし。

「いいよ。大丈夫」と断った。

全然、大丈夫じゃないんだけどね……。

こうなったら、やっぱ加島くんを頼るしかないのかなぁ？

加島くんはホントに、なんとかしてくれるのかな？

「いーい、スモモ？　強気で行かなきゃダメだよ。いつもみたいに素直にしてると押しつけられちゃうからね」

「う……ん」

もう、ほとんど押しつけられている。

でも、頑張る……！　わたしだって、こんな決め方されて怒ってるもん……！

「加島くん」

五時間目が終わったあと、教室の片隅で、わたしはやっと加島晴人に声をかけた。

加島晴人……通称〝一〇〇mの王子〟。

我が二Aの、もうひとりの体育委員で、わたしをリレーの選手に選んでおきながら放置中の人。

話すのはたぶん初めてだけど、自然と視線に恨みがこもる。

絶対に断ってやる。

みんながわたしに言い放ったように、わたしだって言ってやるんだ。

『リレーなんて絶対に無理！』って。

窓際の一番前の、彼の席。

大きく開け放たれたガラス窓の向こうには、秋晴れの空高く、うろこ雲が広がっていて。

机に片肘《ひじ》をついてあごを乗せ、彼はぼんやりとそれを眺めているところだった。

「ちょっといいかな？」

わたしの問いに、頬杖《ほおづえ》をついたまま、加島晴人は目線だけをこっちに向けた。

眉《まゆ》にかかる前髪を無造作に分けた短めの髪。

鼻筋が通ったすっきりとした顔立ち。

陸上部で活躍してるのは知ってるけれど、どっちかっていうと草食系っぽい知的な印象が残る。

ただ無遠慮に向けられた黒い瞳だけが、やけに勝ち気そうで、威圧感がすごい。

「えっと……」

その目に気を取られて、一瞬なにを言うのか忘れそうになった。

さわやかな秋の風がふんわりとカーテンを揺らしていく。

ダメダメ。

ひるむな、ひるむな。

ここで怖《お》じ気《け》づいたら、もうあとがない。

ま、負けるもんか。

「加島くん、体育委員だよね？　体育祭の種目、変更してもらいたいんだけど」

よし、結構強気に上から言えた。

だけど、加島くんは姿勢も表情もいっさい崩さず、じっと、わたしを見上げている。

「……今から？」

ぶっきらぼうな態度がそのまま声になった。

う……。怖いよぉ。

蛇に睨《にら》まれた蛙《かえる》のようになって、次の言葉が出てこない。

「松山さんに聞いたら、加島くんに相談してって言われたんだよね～」

横から、付き添いのユメちゃんが口を挟んでくれた。

フゥ……。

加島くんは無言で机の中を覗《のぞ》き込み、オレンジ色の薄っぺらな冊子を取りだす。

「もうこれ刷っちゃったしな」

答えるのも面倒くさそうに、加島くんは言った。

「こ、困るよ。わたし足遅いのに、クラス対抗リレーに出ることになってんの」

「ああ……。だな」

「『だな』じゃないよ。き、決めたの、加島くんなんでしょ？　わたしリレーなんて、絶対に無理だからね！」

言った。言ってやった……！

「足りないんだよ、人数」

しかし、加島くんはムスッとそう答えた。

「今回うちのクラスとしては、まず八〇〇ｍや四〇〇ｍに力を結集したから、足の速いヤツが必然的に足りなくなる」

ムゥ……なんだ、その言い方は。

「そのうえ鈴木が吠《ほ》えちまったから、マジでいないんだよ、走るヤツ。松山が必死で説得して回ったけど、あとひとりだけが、どうしても足りなかった」

あとひとり……。

そこに、わたしがはめ込まれたわけだ。

でも、リレーのメンバー表を見ると、わたし以外は運動部のツワモノや、部活をやっていなくても運動神経のいい人ばっかりで、〝スポーツできない女子〟のわたしだけが完全に浮いちゃっている。

「イヤだから」

もう一度、はっきりと、わたしは言った。

「リレーなんて出ないから」

勝ち気な瞳と視線がぶつかる。

小さな沈黙のあと、ハア……と加島くんはため息をついた。

「みんな、そう言うんだよな。たかだか運動会のリレーぐらいで押しつけ合ったり、泣きだしたり……。誰かが走らなきゃいけないことぐらい、わかってんだろーに」

あきれたように言葉を投げる。

「だ、だけど、なんで、わたしがその『誰か』にならなきゃいけないの？」

「立木さん、HRサボッて、いなかっただろ？」

食いさがるわたしの顔を見ながら、平然と彼はそう言ってのけた。

いや、サボッた……けど。

「で、でも、いないから押しつけるなんて、ちょっとひどいよ」

「え、サボらずマジメに話し合いに参加してるヤツを優先させたら、いけないの？」

う……。

「だ、だけど、一緒にサボってたのに、なんでわたしはリレーで、ユメちゃんは障害物走なの？」

素朴な疑問を口にする。

「ああ……。リレーと障害物走しか空きがなかったんだ」

「ん？」

「立木さん、障害物走イヤかと思ったから」

ずっと、むっつりと無愛想だった加島くんの口もとが、少し緩んだような気がした。

ム……？

ま、まさか、この人……去年のことを覚えてる？

去年の体育祭で、わたしがさらした醜態を？

「立木さんだって、どうせ、なんか走んなきゃなんないわけだし」

すごくマジメに、加島くんは言った。

「一〇〇mを、ただ全力で走るだけのほうがいいかと思ったんだ。ネットに絡まる心配もないしさ」
コ、コイツ……！　バカにしてるの……？

カァッと顔面が熱くなる。

「なにがイヤなの？　リレー」

そんなわたしを横目で見ながら、加島晴人は無愛想に聞いた。

なにって……。

「速い人ばっか走るんだよ。なのに、わたしだけ足が遅くて、恥ずかしいし、クラスに迷惑かけて、白い目で見られてガッカリされて……優勝を逃しちゃうんだ」

「へぇ、そーゆーの気にするんだ？」

なんて、加島くんはちょっと意外そうな顔をする。

「は？　気にしない人がいたら連れてきてよ」

この人には、わからないんだ。

松山さんにだって、鈴木くんにだって、わからない。

泣きだしちゃうほどリレーに出たくない気持ちが、この世の中にあるってこと。

「どーせ、俊足のプリンス様にはわかんないよ」

思わず口からポロッとこぼれた。

だって、ムカつくもん。

加島くんなんて、もともと不機嫌そうだし、怒ったって知らない……！

「速く走れたら、いいんだろ？」

不機嫌な顔のまま、加島くんは言った。

「は……？」

「明日から朝練するから」

「え……？」

「そのつもりで」

ちょ、ちょっと待ってよ。

「わたし、無理だってば。リレーに出るなんて言ってないよ？　ワガママだと思うかもしれないけど、ホントにホントにダメなの。生まれてからずっと足遅いのに、ちょっと練習したぐらいで速く走れるとか思わないでよ」

「したことないんだろ、練習」

「ない……けど」

「そーゆーことは練習してから言えば？」

取り合ってもらえない悔しさと、バカにされたようなみじめさで、なんだか自分が情けなくて涙が出そうだった。

「ま、松山さんが、加島くんなら、なんとかしてくれるって言うから来たんだよ」

「そうだよ、アンタが決めたんだから責任とってよね」

ユメちゃんも加勢してくれる。

「だから」

と、加島くんは言った。

「なんとか……するから」

「「な、なんとかって？」」

わたしたちの声が重なる。

「朝練、付き合うよ」

ち、違う！　そんなの求めてない……！

だけどもう、リレーに出ることからは逃げられそうになくて、そーゆー自分の現状を思い知らされる。

あまりの理不尽さに涙がポロッとこぼれ落ちた。

その瞬間、驚いたような黒い瞳とバシッと目が合う。

う……。

こ、こんなことで泣いてたら、またバカにされちゃう……。

グッとこらえて、震える声で言った。

「もっと速い人、いっぱいいるのに」

けれど、加島くんはスイッと窓のほうを見て、もう取り合ってはくれなかった。

「ひどいよ……」

鬼、悪魔、どこがプリンス？

「行こっ、ユメちゃん」

自分の席に戻りながらゴシッと涙を拭《ふ》いた。

大っキライだ、加島晴人……！

フルフルと大きな瞳の中で涙が揺れて
突然……はらりと、こぼれ落ちた
うるんだ瞳

【Side加島】


ウソだろ？

泣かした……。

パタパタと上履きの音が遠ざかっていく。

窓の外を眺めながら、俺はなすすべもなくフリーズしていた。

話している途中から、立木さんが涙ぐんでいるのは、わかってたんだ。

ヤバい、と思ったけど、フォローできるような言葉は出てこない。

つーか、とどめを刺したのはきっと俺だ。

なんで、あんな言い方しかできないんだか……。

俺が言葉を発するたび、彼女の見開かれた大きな目の中に涙がうるうると溜《た》まってきて……。

ハッ、と思ったときには、ガラス玉みたいな涙の粒が、音もなくこぼれ落ちていた。

そうなるともう、彼女の顔を直視できなくて、なにも言えなくなった。

バカか、俺。

クセ毛なのか、いつも毛先がくるくるとあっちこっちに跳ねているロングの髪は、今日は右肩のあたりでルーズに束ねられていた。

茶色がかった、細くて、柔らかな髪……。

人のことを、まっすぐマトモに見つめてくる大きな瞳は、あの日のまま。

泣きだしそうな表情も、あのときのままだった。


あの日……。

去年の体育祭の障害物走で、ネットに引っかかって動けなくなったあの子を助けたのは、たまたまそのレースの進行係だった俺だ。

俺がネットに絡まったあの子の髪を外しにかかったんだ。

でも、女の子の髪をさわるのなんて初めてだったし、その細くて柔らかな感触にも、やたら甘い香りにも、助けを求めて俺を見上げる大きな瞳にも……めちゃくちゃドキドキした。

ネットを挟んでふたりきり、吐息を感じるほどの距離にいたから……。

しかし、あのとき駆けつけたのが俺だってことは、あの子の記憶にはまったく残ってないらしい。

まぁドキドキしてたのは、こっちだけだろーし……。

以来、校内であの子を見かけるたびに、目で追っちまう自分がいて……。

二年に進級したとき同じクラスになって、すげーテンション上がったっけ。

で、話しかけようとして気がついたけど、俺は女子とはうまくしゃべれない。

いや、男子ともそこそこしか話せないが。

そんな俺が、妙に意識しちまっているあの子に声をかけるとか、できるわけがなかった。

だけど、あの子の姿はちらちらと、いつも目につく。

遠巻きに見る立木さんは、常になにかしら楽しそうで、ふわふわキラキラと輝いて見える。

素直なんだか喜怒哀楽がすぐ顔に出て、よくしゃべり、よく笑い、そしてたぶん、よく泣く。

不思議な異生物みたいだ。

こんなことでもなければ、きっと卒業まで言葉を交わすことすらなかったんだろーけど……。

「あ」

思わず声を発したのは、自分の机の上の片隅に、小さなしずくを発見したからだ。

さっきまでそこに立っていた立木さんから、こぼれ落ちた涙の粒。

うわ……。

悲しげなあの子の顔が目に浮かぶ。

唇をキュッと結んで、泣くもんかって顔をしていた。

だけど、声なんかもう涙声で……。

あの場合、俺はなんて言えばよかったんだろう？

窓から射す柔らかな陽を映して、涙の粒がキラリと光る。

なにか神聖なものを見るように、そのしずくを眺めていると、バンッ！　と突然、誰かが俺の机を叩いた。

立木さんの涙が落ちていた場所に、デッカい手がのっかっている。

「あっ、テメー、なにすんだよ」

思わず立ち上がって毛むくじゃらの手首を掴《つか》むと、大男の鈴木が、

「あー？」

と低い声を出した。

机の上の涙は、もう、あとかたもなく消えている。

思わず、掴んだ手首をひっくり返すと、鈴木の分厚い手のひらはすっかり水分を吸収しちまっていた。

「お前、手、乾燥しすぎなんだよ」

「はぁ？　なにが」

「べつに」

ポイッと手首を投げ捨てて、また席につく。

返せ、立木さんの涙！

睨むように鈴木を見上げると、ヤツは、そんなことにはおかまいなしに本題を切りだした。

「リレーの話だ」

だろーね。

「あの女はないだろ」

鈴木は言った。

鈴木貴将《たかまさ》。男子バスケ部のキャプテン。

いかつい顔に、長身でがっしりとした筋肉質な体格。

闘争本能丸出しで、やたら押しが強くて吠えまくる、ゴリラのような男だ。

かなり面倒くせー。

「あの女って？」

「立木だよ。第七走者の立木紗百。誰か探してチェンジしとけっつったろ？」

何事も命令形。

「そんなヤツ、いねーよ。お前が吠えたから」

「いや、いなくったって、あれはない。運動神経ゼロだぞ、あの女」

最後のほうは声をひそめて、ヤツは言った。

「聞いた話だと、アイツ、去年の体育祭の障害物走でネットに絡まって出らんなくなったらしいんだ」

重大な秘密を明かすように鈴木が言う。

……いや、知ってるから。

「あれは髪が引っかかっただけで、ただのアクシデントだよ」

「いやいやいやいや、なにがあろーが、そんなことになるか？　考えてみろ、今までの人生の中で障害物走のネットに絡まった人間、他に見たことあるかよ？」

「……あるよ」

「ウソつけっ」

鈴木が鼻の穴を膨らませた。

「ようは、そんな究極にトロいヤツに大事なバトンを渡せるかって話だ。転んで落っことして、どっか飛ばしちまうに決まってる」

「決まってないだろ」

「決まってるって！」

「まぁ、練習しようかってことになってるから」

鈴木をなだめるためにそう言ったけど、立木さんは朝練には来ないだろうと思っていた。

泣かせちゃったしな……。

「練習したって無理なもんは無理だ、あんなヤツ」

人の気も知らずに憎々しく吐き捨てた鈴木に、カチンときてムキになる。

「やってみなきゃ、わかんねーだろ」

「は？　無理だったらどーすんだよ、無理だったら」

が、もっとムキになって、ヤツは言い返してきた。

「俺が、巻き返す」

面倒くさくなって、そう答えた。

第七走者の立木さんのすぐあとに走るアンカーは、俺だから。

「ハン、どうだか……！」

鈴木はじろりと俺を睨む。

「そりゃ、お前が一〇〇mで日本新に迫るタイムを叩きだしたのは知ってるぜ。だけどそれ、去年の話だろ？」

「ああ」

「お前、あれ以来、フォーム崩してて全然ダメらしいな。自分の記録を、ずっと更新できないでいるんだろ？　てことは、そもそも記録自体が、まぐれだったたって話じゃねーの」

わざわざ聞こえよがしにデカい声でそう言うと、鈴木は勝ち誇ったようにニヤッと笑った。

知ってんだぞ俺、みたいな感じで。

「そーかもな」

平然とそう答えたら、「テメェッ」と鈴木は怒りだした。

「そんなんで、『巻き返す』とか言うな！」

「そのつもりで走るけど」

「つもり？　遊びじゃねーんだぞ。デカいクチ叩くな、バカ！」

はぁ……、体育祭なんて、どっちかっつーと〝遊び〟寄りだろーが。

不満げな俺の顔が気に入らないらしく、鈴木は吠え続ける。

「プリンスだなんてチヤホヤされて、エラそーにしてんじゃねーよ。いいか、リレー負けたらお前のせいだからな」

……エラそーなのは、お前だし。

「だったら、鈴木がアンカー走れよ。たいしたタイムでもないくせに」

言ったあとで、最後のは余分だったなと思ったけれど、もう遅い。

鈴木は、まっ赤な顔をして怒鳴り声を上げた。

「加島っ、お前が責任者だ。ろくなメンバーも集められないくせに、アンカーまで人に押しつけようとしやがって。うちのクラスが優勝できなかったら責任とれよっ」

「退学にでもなんの？」

「俺が殴る！」

鈴木はもう一度、俺の机をバン！　と叩くと、肩をいからせ、大きな足音を立てて、教室を出ていった。

あっけにとられて、その背中を見送っていると、立木さんの姿が視界に入った。

あ……聞かれちゃったか。

「なにあれ？」

「バッカじゃね？」

教室に残っていたクラスメイトたちが、鈴木をバカにしてクスクス笑っている。

いや、被害に遭った俺を気づかってくれているのか？

それにしても体育委員だからって、なんでこんなクレームまで受けなきゃなんないんだ？

だいたい、なにを食ったらあんなに熱く攻撃的になれるんだか。

だけど……。

アイツの言ったことは、べつに、間違いではなかった。

陸上部の先輩だって、顧問だって、あそこまではっきりとは言わないけどさ。

内心、みんなそう思ってんじゃないかと思うんだ。

ていうか、自分が一番思ってる。

あのタイムはただの、まぐれだったって……。

〝一〇〇mの王子〟なんて称号、正直俺には重すぎる。


放課後。

「松山」

陸上部が練習するグラウンド前で、柔軟体操をしている松山に声をかけた。

クラスでは体育委員の松山は、陸上部のエースだ。

「なに？」

立ち上がったトレーニングウェア姿の彼女と向かい合う。

「お前さぁ、立木さんに言わなかったの？」

「え？」

「リレーに出ること。プログラム見るまで知らなかったみたいだぜ」

ああ、と松山は気まずそうな顔をした。

「俺、言ったよな？　とりあえずリレーは立木さんってことにするけど、翌日本人が来たら確認しといてって。立木さんがNGだったら、全員でジャンケンして決め直すって」

「だって、それは困るって、みんなが言うから……」

「は？」

「サプライズでいいんじゃない？って」

「え、わざと教えなかったってこと？」

「うん、まぁ……」

やっぱり気まずそうに松山がうなずいた。

ひでーな、みんな。

自分でなけりゃ、それでいいんだ。

で、完全にハメられてんじゃん、立木さん。

それ俺のせいになってないか？

恨むようなあの子の視線を思い出した。

最悪だ……。

「でも加島くん、あーゆー子、キライなの？　ずいぶんビシッと言ってくれたみたいだけど」

「えっ？」

「夢崎さん、すっごい怒ってたよ。サボってた人に文句言う権利はないって言われたって。あれじゃ立木さんが、かわいそうだって」

え、いや、そんなことは言ってない。

経緯《けいい》をそのまま説明しただけだ。

「……」

ズーン、と胸が重くなる。

言葉足らずなんだ、俺はいつも。

イイ感じで物事を伝えられたことなんて、一度もねーし。

「だけど、助かっちゃった。女子同士って大変なのよ。嫌われたくはないしさ。アンタたち、誰が走ったって同じじゃん、とも言えないし」

なんて松山は笑った。

要領がいいんだ、コイツはいつも。

一緒に委員をやっていると、イヤな役目ばっかり押しつけてくる。

「でも、ウチのクラス、優勝は無理かもね」

と松山は言った。

「なんで？」

「作戦失敗かも」

二Aの作戦っていうのは、男子の八〇〇mリレーと女子の四〇〇mリレーに、足の速いヤツをそろえるってことだ。

クラス対抗リレーは盛り上がるし、どこのクラスもそっちメインでメンバーを組むけど、実はこの三つのリレーの得点は同じなんだ。

だから八〇〇mや四〇〇mで地味に勝ちにいっといたほうが優勝につながるっていう考え。

「結構いいメンバーなんじゃねーの？」

「四〇〇mはいいけど、八〇〇mはどうかな？　男子で二番目に速い鈴木くんがクラス対抗に出るって言ってきかないし、一番速い加島くんもクラス対抗に移っちゃったでしょ？　なんだか中途半端なんだよね〜」

二〇〇mずつ四人で走る八〇〇mリレーの第二走を、俺はもともと走ることになっていた。

「女子は四〇〇mもクラス対抗も速い子が多かったんだけど、最後に穴ができちゃったしさ」

なんて松山は毒を吐く。

穴って言うのは、立木さんのことらしい。

ハメといてなんだよ。フツー、そーゆー言い方するか？

鈴木にしても松山にしても、運動部の面々は、体育祭となると多少なりとも血が騒ぐのかもしれない。

結構みんな熱いんだ。

だから、あの子はリレーに出るの、イヤなんだろーな……。

俺は、立木さんの目からこぼれ落ちた涙の粒を思い出していた。

「だけど、ビックリしちゃった」

松山が俺を見た。

「加島くんがクラス対抗のアンカーに立候補するなんて思わないもん」

「そう?」

「だって加島くん、目立つの嫌いだしさ、あんな王道の花形ポジション、よく引き受けたね?」

「ああ……」

自分でもそう思う。

「尻《しり》ぬぐいしなくちゃ、とか思ったわけ?」

「まぁ……」

ボソッと曖昧《あいまい》に答えたけれど、それだけじゃない。

ガラにもなくアンカーなんか引き受けてんのは、立木さんと同じリレーを走ることに舞い上がったからだ。

話とかできるかもって、ちょっと期待した。

それがこんなふうに嫌われるなんて、まさかの展開だったし。

はぁー……。終わったな、俺。

ひんやりとした朝の空気は
ちょっと気持ちがいい
ただ一点、アイツの無愛想な態度を除けば
スタートライン

「立木さん！」

終礼が終わって教室を出ようとしたとき、不意に声をかけられた。

振り向くと、クラスメイトの本荘《ほんじょう》さんが立っている。

クラス対抗リレーの出場者欄に名前のあった人だ。

「リレー引き受けてくれたんだって？」

小麦色の肌に、白い歯。

長身で、男の子みたいに凛《りん》とした顔立ちが、笑うとたんに、あどけない。

う……。

あんまりしゃべったことのない相手だけど、わたしは本荘さんのブレザーの端っこをつまんで、廊下の隅に引っぱっていった。

教室の入り口付近は混雑していて、ゆっくり話せそうになかったから。

廊下に射す陽の光に、本荘さんのショートカットの髪が茶色く透ける。

ソフトボール部の次期キャプテン。

飾らない少年っぽい雰囲気は、後輩女子にモテまくるのがよくわかる。

わたしとは全然違う世界の人だ。

いつの間にか、他ふたりの女子のリレーメンバーもやってきて、若干囲まれる感じになっていた。

後方には、ユメちゃんが心配そうに控えていてくれる。

「ゴメン！　わたし遅いよ」

ペコンと頭を下げて言った。

「このままだと、みんなの足を引っぱっちゃいそうなんだけど、代わってくれる人がいなくって……」

「え？」

早口で一気にそんな説明をしたら、ポンと肩を叩かれた。

「心配すんなって。ウチら、べつに優勝とか狙《ねら》ってないからさ」

「熱くてウザいのは、鈴木ぐらいだよ」

肩をすくめてクスッと笑う。

「そうそう。せっかくなんだし、楽しくやろう！」

他の子たちも笑ってくれた。

「鈴木になんかイヤなこと言われたら、ウチらに言いなよ。シメてやるから」

口々に、そんなことまで言ってくれる。

「でも、足手まといになっちゃうのに……」

わかっているのに引き受けなくちゃならないのは、やっぱり苦痛だ。

「立木さん、そんなに足遅くないって」

「え、お、遅いよ」

「体育一緒だろ？　あんだけ走れたら大丈夫だよ。他のメンバー結構速いし、作戦だって立てたんだ」

なっ、と他の子たちと目配せをする。

「メンバー足りなくて棄権かもって、マジでイラついてたんだ。バカみたいじゃん、そんなの。だから立木さんが引き受けてくれて、走れるだけでも、スカッとしてるんだよ、みんな」

本荘さんはそう言って、また、ほがらかに笑った。

走れるだけでもいいだなんて、めちゃくちゃハードル下げてくれちゃっている……。優しいな。

しかも、さわやかで人なつっこい笑顔をマトモに食らうと、『いいのかな』と思えてくる。

こんなわたしでも、頑張ればいいのかなって……。

加島くんなんかより、ずっとずっとプリンスだな、この人。

「あの……作戦って？」

「うん！　まずは第一走者から第六走者までが死ぬ気で他チームとの差を開けて、独走態勢に持っていく」

フムフム。

「そのまま第七走者の立木さんにバトンをつないで、もしも立木さんが差を詰められたり、何人かに抜かれたとしても、あとはアンカーの加島に抜き返してもらうってわけよ」

う――……。

そ、それは作戦と言えるのか？　ただの希望的観測では？

やっぱわたし、かなり足を引っぱることになる……。

「そ……んなに、うまくいくかな？」

恐る恐る聞いてみる。

「まぁウチらはともかく、加島はなんたって〝一〇〇mの王子〟なんだからさ、きっと、なんとかしてくれるって」

なんて本荘さんは、また笑った。

「加島はホントは八〇〇mリレーに出るはずだったんだけど、こっちに代わってくれたんだ。立木さんにお願いした分、自分がフォローするつもりなんじゃない？」

「へぇ……」

他の子も、横からこんなことを教えてくれた。

「わたし、去年も加島くんと同じクラスだったけど、どんなに頼んでも、クラス対抗のアンカーなんて引き受けてくれなかったよ。そーゆーのガラじゃないからヤだって。だから、今回はかなり特別なことだと思う、彼的にはさ」

ふーむ。

一応、責任は感じてくれてるってこと?

やつあたりして悪かったかな……?

心が揺れかけたところで頭によみがえる……ムスッと不機嫌そうな顔。

言い訳を許さない、理屈っぽいあの口調。

う〜、やっぱ好きじゃない!

「でも、いくらプリンスだからって、挽回《ばんかい》するには限度もあるだろーし……」

不安をそのまま口にする。

だって、わたしのトロさはその限界を超えちゃうかもしれないんだもん。

「それでダメなら、もういいじゃん」

あっさりと、本荘さんは言った。

「ただ自分の一〇〇mを全力で走るだけ」

凜とした表情。

さすが、スポーツ女子は言うことが違う。

「じゃ、そーゆーことで」

「うん」

さわやかな余韻を残して、本荘さんたちは、それぞれの部活へと向かっていく。

そんな彼女たちを見送り、ユメちゃんとわたしは帰り道を歩きだした。

本荘さんのオーラについて、キャピキャピと盛り上がりながらね。

校門を出て、しばらく金網のフェンスが続く。

そのフェンス越しに陸上部が練習しているのが見えた。

あ。

加島くんも走ってる。

全力ではなく、軽く流しているだけみたい。

なのに、スイスイときれいに無駄なく手足が動く。

ふーん……。

「まぁ陸上部なんだから、できて当たり前だけどさ」

ボソッと思わず憎まれ口が出た。

そんなわたしを横目に、ユメちゃんが聞く。

「ねースモモ、明日どーすんの？　朝練行くの？」

「う」

行くもんかって思ってたけど、さっきの本荘さんたちの顔が頭をよぎる。

笑顔で誘ってくれたのが、すごくうれしかった。

知らないうちにリレーに出ることになっちゃっていて、だけど、それを誰も教えてはくれなくて。

そのうえ、代わってもくれなくて。

なんていうか、かなりヘコんでいただけに、本荘さんたちの思いやりがじんわりと温かく胸に沁《し》みていた。

一番できないわたしが練習に出ないなんて、ありえないよね……。

「たぶん、行く」

「そっか」

「だって行かないと、加島くんに『なんで来ないか説明して』とか言われちゃいそうだもん」

「あはは、たしかにね」

ブーと膨れてわたしが言うと、ユメちゃんは苦笑いした。

加島晴人を知らない人は、我が校にはいない。

かなりの有名人だ。

去年、陸上部の新人戦で、彼が出した一〇〇m走の記録が、ジュニア日本記録にコンマ〇一秒及ばなかったとかで、がぜん注目されちゃったんだ。

『期待の新人あらわる⁉』って感じで。

当時は陸上関係のエラい人とか、大学のスカウトの人とか、専門誌の記者さんなんかが、学校まで練習を見にきてたっけ。

そうそう、このフェンスにも大勢の見物客が並んでいた。

あの頃は加島くんのその記録に、学校全体が盛り上がっていたんだ。

うちは普通の公立高校だから、慣れない騒ぎに先生たちも舞い上がっていたな。

ゴールデンの報道番組で加島くんが特集されたときなんかは、全校生徒に放映日時を手紙で配布したほどだ。

その番組は一〇〇m走の新記録に挑む高校生アスリートを紹介するもので、加島くんの他にふたりの選手が取り上げられていた。

それぞれのベストタイムや練習風景の紹介、インタビューなんかで構成された、ちょっとしたドキュメンタリー。

《男子高校生スプリンター特集――一〇〇mの王子たち》

それが、そのときの特集のタイトルで、以来、加島くんはみんなから〝一〇〇mの王子〟なんて称されるようになった。

そうそう、ミーハーなわたしは家族そろってテレビの前にちょこんと座り、その番組を楽しみに見たっけ。

なのに、画面の中の加島くんは、こっちが視聴者のみなさまに気をつかっちゃうくらい超無愛想で、面倒くさそうにボソボソと、取材記者の質問に答えていた。

ともに取り上げられた他のふたりは、どちらもさわやかで謙虚で快活なプリンスたちだったというのに……。

きっと、あの態度には先生たちもドン引きしたはずだ。

そうして、わたしの頭の中には、加島くんのやたら無愛想でとっつきにくい印象がしっかりとインプットされたんだ。

だから、二年生で同じクラスになってからも、彼とはなるべく関わらないようにしてきた。

実際、教室でも、無口でテンションの低い彼が、はしゃいでる姿なんか見たことがない。

そのダークなイメージは、くつがえることなく今日に至っている。

いや、今日になってさらにそれは、もっとダークに更新された……！

「あー、憂鬱《ゆううつ》だ、朝練……」

呟きが、むなしく響いた。

翌朝。

わたしは、いつもより早く学校についた。

『朝練するから』って言ったきり、加島くんは時間も場所も教えてくれなかったから、とりあえず七時半にグラウンドに来てみたんだけど……。

みんな、まだみたい。

よく晴れた朝で、空気がひんやりと心地いい。

広いグラウンドの奥のほうから、野球部がノックを受けるかけ声が響いていた。

ん？　あれかな？

手前のグラウンドの片隅で、ひとりストレッチをしている男子。

紺地に赤の切り替えが入ったジャージ姿で、手足をグイーッと伸ばしたり、回したり、体をねじったりしている。

近づいてみると、それはやはり加島くんだ。

声をかけようとしたんだけど、あんまり熱心にやってるから、ついつい、かけそびれてしまった。

ま、いいや。

ふたりっきりは気まずいから、他のみんなが来るまで待つことにしよう。

ヒマだし、五ｍくらい離れた場所で、わたしもストレッチを始めてみた。

加島くんがやっているのを見よう見真似で体を伸ばす。

うーん、これ、気持ちいいなぁ……！

加島くんは足首を回して、手首をブラブラと振って、それからその場でピョンピョンとジャンプしだした。

ピョンピョン……！

わたしも跳ぶ。

彼の斜め後方三mほどまで近づいて勝手にタイミングを合わせて跳んでいると、気配を感じたのか、ピョンピョン跳びながら加島くんが振り向いた。

「うわっ」

「あ、おはよ」

わたしたちは跳ねながらあいさつを交わす。

「ビックリするだろ、急にいるから」

着地してから、ムスッと加島くんが言った。

声を出して驚いてしまったのが、恥ずかしいのかな？

「つーか、立木さん、来ると思わなかったし」

ムスッとしたまま、加島くんは呟く。

「……自分が呼んだんでしょ？」

「まぁ……そーだけど」

ボソリと低い声。

「……」

「……」

沈黙。

うわ……無理かも、この空気。

「あ、あの、みんなは何時に来るの？　他のメンバーの人たち」

早く来てくれなきゃ、間が持てないよ。

「今日は来ない」

だけど、加島くんは平然とそう答えた。

「え、練習しないの？」

「みんなとは本番三日前から、バトンパスを合わせようってことになってる」

「そ、そうなんだ？」

「それに先駆けて、立木さんとは二週間みっちり特訓するから、そのつもりで」

「え、えーっ、ふたりっきりでーっ？」

思わず叫んでしまう。

あ、いや、今のだと特訓がイヤなんじゃなくて、加島くんとふたりっきりで練習するのが苦痛だと発表しちゃったみたいだ。

ヤバい。気を悪くしたかな？

チラッと横を見上げたけど、加島くんは、いつも不機嫌そうだから、そこらへんの判別はつかなかった。

「あの、雨の日はどうするの……？」

小さな声で聞いてみる。

「中止」

そっか、じゃあ、ずっと雨だったらいいわけだ。

「雨乞《あまご》いでもする？」

ボソッと、ささやかれた。

えっ、今わたし声に出してないよね？

なんで、わかったんだろ……。

「俺とふたりじゃヤだろーけど、まぁ頑張ってよ」

なんて言い残して、加島くんはグラウンドの中央へと歩きだした。

ひぇー、バ、バレてる……。

「んじゃ、走ってみて」

トコトコと彼のあとをついていったら、突然そう命じられた。

消えかけた白線がトラックに残っていて、そのコースを走るらしい。

「向こうで待ってるから」

「あ、うん」

「ここがスタートラインな」

加島くんがシューズのつま先でザッと線を引いた。

うちの学校のトラックは、半周が一〇〇m。

だから、まずはその半周を試してみようってことらしい。

地面に引かれた線の前に立つ。

あーあ、なんでこんなこと、やらされなきゃなんないの？

つま先をそのラインに合わせてトラックの向こう側に目をやると、もうそっちについている加島くんが大きく片手を上げた。

「位置について」

加島くんの声がここまで響く。

普段は大声を出さないけど、よく通る声だ。

「用意……スタート！」

——ザッ、ザッ、ザッ、ザッ。

思いっきり地面を蹴《け》る。

「ハッ、ハッ、ハッ、ハッ」

い、息が苦しい……！

やっとの思いでゴールすると、加島くんはこっちを向いて真顔で聞いた。

「今の全力？」

ムゥ……。全力だよ！　全力‼

どうせ遅いでしょうけど、全力なの！

それから、ちょっと走っただけでゼイゼイと息が上がっているわたしを見て、

「うーむ」とうなる。

だから、ヤダって言ったんじゃん！

どうせ、バカにするんでしょ？

全力とは思えない、とか……。

山ほどダメ出しを食らうんだと思って、下を向いて待っていると、グイッと腕を掴まれた。

ヒッ……！

「腕はこうなんだ」

掴んだ手はわたしの右腕に添えられ、加島くんはそれをクイクイと振り子みたいに動かす。

ちょ、ちょっと、突然なに？

加島くんの手の感触に意識が集中してしまう。

「肩は動かさないで、ここをこう支点にするようにして」

反対側の手をわたしの肩に置いて説明しながら、中腰になって、こっちを見上げる。

「わかる？」

黒い瞳で、まっすぐに見つめられた。

わわ、近いよ……！

なぜかドギマギして返事が遅れると、わからないと思ったのか、加島くんはわたしの背後に回り、両手でわたしの腕を取った。

ひ、ひぇ？

そうなると、うしろから抱きかかえられるような体勢になり、わたしの心はもっとあわてだす。

「いい？　わかりやすく言うと、こうじゃなくて……」

彼は掴んだ腕を左右に振って、女の子走り的な、わたしの腕の振りを再現した。

「こうするんだ」

今度はわたしの腕を前後に振って、覗き込む。

「わかる？」

髪に彼の息がかかった。

案外優しい声をしている。

「……わかんない？」

返事のないわたしに、もう一度、問う声。

振り向くと、まっすぐな黒い目が少し戸惑ったように、わたしを見ている。

「わ、わかるよ」

あわてて早口で、そう答えた。

「じゃ、やってみて」

加島くんはスッと手を離し、一歩さがって腕組みをした。

棒立ちのまま、わたしはその場で腕を振ってみせる。
一、二、三、四……。
二、二、三、四……。
途中で、

「力を抜いて」

とか、

「うん、そーゆー感じだ」

なんて、声をかけてくれる。

えっと……マジだ、この人。

じっと見られて、なんだか、恥ずかしくなりつつ腕を振っていると、「次は足」と言われた。

加島くんが今度はわたしの真横に来て、中腰になる。

「一歩踏みだしてみて」

「う、うん」

片足を踏みだそうと前に出したら、いきなり加島くんの両手がわたしの太ももを掴んで、もっと前へとグイッと引っぱって着地させた。

「いい？　こんな感じ。いつもより、もうちょい大またで、前へ前へと足を踏みだすんだ」

「は、はい」

わわ……。

男子に足なんかさわられるのは初めてだから、ちょっとビックリしちゃう。

だけど、加島くんにはその手の感情はないらしい。

もう、わたしの足もとにしゃがみ込んで、無遠慮に人の足を靴ごと、むんずと掴んでいた。

そうして、わたしの足首をクイクイ動かしながら、着地のことやなんかを熱心に解説してくれる。

そんな加島くんの顔を見おろしながら、ちょっと納得したことがあった。

フムフム。

いつも無愛想だからわからなかったけど、プリンスと呼ばれるのは、足が速いからだけじゃなく、顔だ。

結構、整ってるなぁ〜。

今さらだけど、あのテレビ番組で『一〇〇mの王子たち』と取り上げられたのに共感したりする。

一緒に出ていた他の子たちも、なかなかのイケメンだったもん。

でも、加島くんが一番きれいな顔をしてると思った。

態度は最悪だったけど……。

「わかった?」

そっと盗み見ていた顔がいきなり上を向いた。

うわっ。思いっきり目が合う。

「え?」

ヤバい、聞いてなかった。

「あ、あの……」

「なに?」

「ちょっと聞いてなかった。ゴメン!」

「えっ?」

表情が乏しいはずの彼の顔が、なんだかポカーンとなった。

そりゃそうだ。

マンツーマンで一生懸命説明してくれてるのに、聞いてないだなんて、ありえない。

カァ……っと顔が赤くなる。

「ゴメン、もう一回言って」

頼んでみたけど、加島くんはすっくと立ち上がって言った。

「もういいや」

お、怒っちゃった……よね?

「理屈ばっか意識すると余計走れなくなるし、まずは、さっきの手の振り方と、足の出し方だけにしとくか」

あっさりと、そう言ってくれた。

バカだと思われた……かな?

「ゆっくりでいいから、そこだけ注意しながら走ってみて」

「う、うん」

ここはちゃんと理解していることを示さなくっちゃ。
せっかく教えてもらったんだし。
手は前後に、力を抜いて振る。
足は大またで、前へ前へと踏みだす。
うんうん。
トラックの反対側は野球部の領域らしく、使えない。
仕方なく、もう一度さっきのスタートラインに戻って、走り始めた。
手は前後に、足は前へ。
ゆっくりと確認しながら走っているのに、ハァハァと息が上がる。
やっとゴールについて、あたりを見渡した。
あれ？　加島くんがいない。
……ん？　いや、いたいた。
なぜか、地面にうずくまっている。
「どうしたの？」
心配になって駆けよると、加島くんの肩が小刻みに震えていた。
「クックックッ……」
は？

「わ、笑ってんの？」

「だって、立木さん、すっげー走り方するから……」

そう言ったとたん、こらえきれなくなったのか、ブハハッて加島くんが笑い転げた。

「えっ、わたし？」

「ふわーんふわーんって、月面を歩いてる人みたいだった」

そう言いながら、ゲラゲラ笑っている。

ム……。

「か、加島くんが、ゆっくりでいいって言うから」

「言ったけど、まさか、あんなにゆっくり走ると思わねーし」

もう笑いは止まらない。

「しかも、そんなんで一〇〇ｍも走りきったんだぜ、ウソみてー。アッハハハ……」

「……」

なによ……、さっきまで、ずっとムスッとしてたくせに。

「そんなにおかしい？」

ボソッと低く呟いた。

「あ。……ゴメン」

怒りを押し殺したわたしの口調にハッとしたのか、彼はやっと立ち上がる。

なによ。

「教わったことを考えながら、マジメに走っただけだもん。笑いすぎだよ」

一生懸命頑張ったのに爆笑されて、悔しくて、恥ずかしくて、涙が出そうになった。

「えっ、泣かないよな？」

「な、泣いてないし！　これくらいで泣くわけないじゃない」

思わず大声を出したけど、興奮すればするほど涙がじわっと浮かんでくる。

それを、あ然と見つめる目。

きっとバカにしてる。

「あー、じゃあ一〇〇mはキツイだろうし、半分ぐらいでいいから、直線で何度か往復してみて。適当に休憩挟んで」

わたしの目から視線を逸らして、加島くんがボソッと言った。

え!?

まだ、走らせる気？

「全力じゃなくていいけど、さっきより、もう少しスピード上げて」

わ、わかってるよ！

ムカつきながら何往復か走る。

加島くんはトラックの外側で、その様子を眺めていた。

短いコースを見渡せるほど、うしろにさがり、腕組みをしながら突っ立っている。

そうしてわたしは、そろそろあがろうと声をかけられるまで、加島くんとはひと言も口をきかなかった。

だって怒ってるもん、わたし。

勝手にリレーのメンバーに入れたくせに、『練習もしないで文句言うな』って態度でさ……。

だからわたし、こうして朝練に来たじゃない？　走れって言うから走ったよ。

それをあんなふうに爆笑するなんてありえない。

やっぱり大っキライだ、加島晴人……。

「ずいぶんよくなったよ。毎日やってたら体が覚えてくる。そうしたら、速くなる」

「……」

「あと立木さんの場合は、一〇〇mを走りきる体力をつけなきゃな。ヒマがあれば、なるべく走っといて」

かけられた言葉にペコンとお辞儀だけして、女子更衣室へと向かった。

こんな生活が二週間も続くなんて、マジで悪夢だ。

更衣室で顔を洗い、汗拭きシートで汗を拭いて、制服に着替える。

教室に行くと、ユメちゃんがもう登校していた。

「おー、どーだった、スモモ？」

「聞いてよ……。大爆笑されたんだから！」

ユメちゃん相手にグチる、グチる。

「へー、でも、スモモ頑張ったんだねー」

ひととおり話を聞き終えて、ユメちゃんは笑顔になった。

「うん、まぁ……」

「それにしても、アイツ笑うんだ？」

ヘンなことに感心している。

「加島くんが爆笑してる姿って、想像できなーい」

「いやいや、めちゃくちゃ笑ったからね、あの人。地面にひっくり返って笑ったんだよ。アッタマきたし」

「プフ、失礼だよね、それ」

そう言いながら、ユメちゃんも笑ってる。

「ホント失礼だよ。バカにしてる」

プリンス様には、足の遅い下々の者たちの気持ちがわからないんだ。

憤慨するわたしに、ユメちゃんが聞いた。

「どーすんの、朝練。続けるの？」

「う……？」

憂鬱だけど、月面走りのままリレーに出るわけにはいかない。

「……うん」

しぶしぶながら、うなずいた。

あー、悪夢だ……！

逃げてたって、しゃーねーし
そう開き直れたのは、誰のおかげなのか
……わかってないよな、きっと
超絶的笑顔

【Side加島】


また泣かした……。

ふわーんふわーん走る立木さんが、あんまりに予想外で可愛《かわい》くて笑っちまったんだけど……。

相当傷つけたかも。

気をつけよう。あの子の行動は、いちいち想像を超えてるんだ。

朝練を終え、そんなことを考えながらグラウンドをあとにした。

さっきまで大声をかけ合って練習していた野球部のヤツらが、談笑しながら追い越していく。

「加島」

そのとき、背後から声をかけられた。

「どうだ、調子は」

陸上部顧問の吉崎。

三十代前半、数学の男性教師だ。

「……まぁまぁです」

そう答えると、吉崎は言った。

「そっか。まーあんまり根を詰めるなよ」

『絶好調です』と言ったって、『絶不調です』と言ったって、おそらくコイツは同じことを言う。

「さっき、ちらっと見たんだが、まさか女子とふたりで練習してた？」

ニヤニヤしながら、そんなことを聞かれた。

「陸上部の子じゃないよな？　彼女か？」

「いや、クラスの女子です。体育祭の練習で」

「へー、めずらしいな。いつもひとりだから」

そーゆーことには関心を示すんだから……。

「あの、なんか用ですか？」

声をかけてきたんだから、たぶんそうだろう。

「あー、お前、陸連の強化合宿どーすんの？　行く？」

忘れてた。

陸上競技連盟主催のU－18ジュニア強化合宿の件だ。

全国の高校から選抜された強化選手を集めて、冬休みに行われるやつ。

「参加の申し込み、明日が締め切りだからさー」と、吉崎。

去年は迷った挙げ句、結局、断って逃げちまったんだ。

こっちの顔色をうかがうような目を、まっすぐに見返した。

「……行きます」

「お」

吉崎が少し驚いた顔をする。

俺が断ると思っていたらしい。

まぁ、ここ一年の公式戦での俺のタイムからすると、そう思うのも無理はない。

走れない人間が参加したって、自分がみじめになるだけだからな。

それを承知で参加する勇気なんて、俺にはなかった。

だから、去年はパスしたんだし。

でも、行かないことを連絡したあとで行われた去年の体育祭で、俺はその勇気を教えてもらった。

そう、立木さんに……。

だから今年は参加しようと思う。

逃げてたってしゃーねーしな。

「声をかけてもらえただけでも感謝して、行ってこようと思ってます」

改めてそう言うと、顧問はポカンと口を開けた。

「あれ？　加島ってそーゆーキャラ？」

「は？」

「そんな素直で謙虚なヤツだっけ？」

そうして、すぐにいつもの大げさな笑顔になった。

「はは、そうしろ、そうしろ。それがいい」

背中をバンバンと叩いてくる。

「俺が教えてやれたらいいんだが、さっぱりわかんねーしなぁ、日本記録の走り方なんてよー」

普通の公立高校の、とくに有名でもない運動部。

顧問なんて、人のいい教員が若い順に押しつけられるんだろうに。

所属する俺があんな記録を出したばっかりに、陸上経験ゼロの吉崎は、学校や陸上関係のエラい人たちから、かなりのプレッシャーをかけられているらしい。

練習メニューの組み方やらトレーニング法やら、細かいチェックと横やりが入る。

そのわりに関心薄いんだよな、この人。

俺が低迷してるのを、自分のせいにされてるかもしれないってのに。

「逃げちゃおうとか思わないの？」

不意に聞かれた。

「え？」

「俺なら逃げだしたくなるなぁ。記録を出すのが大前提なんて世界」

吉崎は笑って言う。

そこを、「頑張れ」と檄《げき》を飛ばすのが、顧問としての役割なんだろうに。

だけど、吉崎のこの脱力系の雰囲気が、俺はちょっと気に入っていた。

「逃げようとしたけど」

「無理だった？」

「いや、なんだか悩むのもバカバカしくなって、開き直れたっつーか……」

悩んだからって、速く走れるわけじゃねーから。

「はは、強いのな」

強くは……ない。

そうありたいとは思うけど。

「まー、せっかくだし、全国レベルの空気でも味わってくればいいさ」

叱咤《しった》激励などしないコイツのこーゆー関心の低さに、俺はずいぶん救われてるのかもしれない。

校舎に戻っていく吉崎の背中を横目に、部室へ引きあげながら、あの頃の……押しつぶされそうだった自分を思い出していた。

あの頃……。

新人戦で好タイムを出した、去年の夏の終わり。

もちろん記録はうれしかったし、注目されるのだって、誇らしかった。

ただ期待に応えなきゃって、必要以上に力が入っていたんだと思う。

『もっと速くなれるよ』って、フォームのことで、いろんな人にアドバイスされて、そのひとつひとつを注意して走るように心がけた。

でも、全然しっくりとはいかなくて。

気がついたら、自分がもともと、どう走っていたのかもわかんなくなっていた……。

体で覚えていたフォームがビミョーに崩れて、それを直そうとすると、また別のところに変な力が入る。

昨日よりも今日。

今日よりも明日。

確実にタイムが落ちてきてるのに、いつもいつも注目されている。

『次の大会期待してるよ』、『頑張って』なんて声がかかる。陸上関係者からも、見ず知らずの人からも。

スマホの動画はもちろん、テレビや雑誌の取材カメラが常に俺を追ってくる。

見られてるんだから、ぶざまな走りは見せられないって……初めて、走るのが怖くなった。

『アイツはもうダメだ』と誰かにささやかれるのが、怖かった。

そうして、だんだんと部活も休みがちになり、もう陸上を諦《あきら》めようかとさえ考えるようになってたっけ……。

そんな頃に、体育祭があったんだ。

進行係だった俺は、ネットに絡まった立木さんを救出に向かい、彼女と出会った。

あの日。

立木さんの髪は、もつれてなかなかほどけなくて、レースは中断するし時間は押すしで大変だったんだ。

手の中をスルスルと逃げてしまうような、きれいな髪。

それを、ブチッと引きちぎるのはためらわれて、でも時間は押してるし、と本気でオタオタしたのを覚えている。

続いて飛んできた進行係の女子の先輩に、『なにやってんのよ』って、えらく怒られたっけ。

で、その先輩は彼女の髪をブチブチッて無理やり引っぱって、いとも簡単にネットからほどいたんだ。

相当痛かったろうに、立木さんはペコンとお辞儀をして、お礼を言い……。

それから……そう。それから、すっくと立ち上がって、タッタカ走りだしたんだ。

たいしたレースでもなかったし、時間もないし、順位ももう決まってるんだから、べつに走らなくてもよかったのに。

『ちょっと、あなた、もういいから、さっさとハケちゃって』

進行係からもそう怒鳴られてんのに、立木さんは当たり前のように自分のレースを再開した。

たぶん、パニクッてたんだとは思うけど。

〝さっさとしろよ〟的な騒然とした空気の中、平均台から二回も落っこちて失笑を買いながらも、彼女はゴールまでちゃんと走りきった。

……で、ゴールインしてから、ピューッと友達のところへ走り込んでいって、

『あー、恥ずかしかったぁ！』

って、ペロッと舌を出したんだ。

まっ赤な顔して、へへへって……。

その笑顔を見たとき、なんていうか俺、ポカンとして
それから……うん、爆笑した！

ちっぽけな自分が全部吹っ飛んだ。

実際、声を出して笑ったのは、どれぐらいぶりだったろう？

俺にとってはそれほど、立木さんの走りは痛快だった。

ブーイングの中を平然と走っていく彼女は、堂々とかっこよく見えた。

『なんだ、あれ。空気読めよ』って、みんなは文句を言っていたけれど、俺はむしろ気持ちが晴れやかになっていくのを感じていた。

……そうなんだ。

恥ずかしい思いをするのは自分なんだ。

一緒に恥をかいてくれるわけでもないヤツらに、なんで気をつかう必要がある？

ぶざまに走って、恥をかけばいい。

だけど、そんなことを恥だとは、もう俺は思わない。

今まで押しつぶされそうだった心が、スーッと解き放たれていった。

そして……。

ゴールしたあとの立木さんの上気した笑顔。

あれはもう、超絶的かつ衝撃的に、輝いて見えた。

スゲーすがすがしくて、すっげー可愛かった。

そうして、その翌日から俺はまた部活に毎日出るようになって、走りだしたんだ。

逃げてたって、しゃーねーしさ。

一年たった今だって、焦らないわけではないし、いつも前向きにいられるわけでもない。

レースに取り残されて、うまく走れない夢なら、しょっちゅう見る。

だけど、あの日から、俺はずいぶん変わったと思っている。

記録会でのタイムは、さほどでもないけれど。

教室に戻ると、その張本人の立木さんは、隣の席の子と、クルクルと楽しそうに笑っていた。

さっきの怒っていた顔とは、えらい違いだ。

キュッと口を結んで、俺を睨みつけた大きな目。

立木さん、明日、朝練来るかなぁ……？


翌朝。

いつものようにグラウンドでストレッチを終え、軽く走ろうとしていると、立木さんは現れた。

ていうか、さっきから少し離れた場所で、彼女が俺を真似て体を動かしているのが、視界の隅に映っていたんだ。

だけど、『こっちに来たら』と声をかけていいのかすら、わからなかった。

「おはよう」と言ってみると、立木さんは「うん」と短い声を発した。

昨日、笑ったことを、まだ怒っているようだ。

「軽く流そうか」

彼女に声をかけて、トラックを並んで走る。ゆっくりと立木さんのペースに合わせながら。

昨日ちょっと教えただけなのに、手の振りも足の運びも格段によくなっている。

教えたことをひとつずつ確認しながら走っているのがわかって、いじらしくなった。

彼女はもともと手足がすらっとしているから、続ければ意外と、いい線いくかもしれない。


立木さんの息が上がってきたので、少し休憩を挟む。

荷物の置いてあるベンチに戻り、タオルで汗をぬぐった。

立木さんがベンチの端っこに、ちょこんと座る。

ここはやっぱり……。

俺も何気ないふりを装って、腰をおろした。

金網のフェンスを背に、並んで座る俺と彼女との距離は一m……ってとこか。

足もとのカバンからペットボトルの水を出して、立木さんがポソッと聞いた。

「飲んでいい？」

「あ、うん」

キャップを開けて目を閉じ、水を飲む横顔。

コクコクと上下する白い喉《のど》もとに、汗がひとすじ、ツーッと流れていく。

……。

ぼーっと見とれている自分に気づき、ハッとした。
バ、バカ、なにやってんだ？
その瞬間、こっちを向いた大きな瞳と目が合った。

「飲む？」

「え？」

「水」

水なら持ってるくせに、思わず、うなずいていた。

まさかの間接キス⁉

……かと思いきや、立木さんはカバンからもう一本、別のボトルを取りだして、
ヌッと俺に差しだした。

「ただで教えてもらうのも悪いし」

ムスッと、そんなことを言う。

コーチ料ってとこか？

あらぬ期待を抱いた不埒《ふらち》な自分をいましめつつ、彼女にもらった水を飲んだ。

ひんやりとした感触が渇いた喉をうるおしていく。

「うま」

思わず呟いたら、横から見上げる立木さんがちょっとだけ笑った……気がした。

「月面走り、直るかなぁ」

ポツンと漏らした声。

彼女は自分のシューズの先に視線を落としていて、なんだか少ししょんぼりしているように見える。

「もう直ってるよ」

「えっ」

「結構きれいなフォームになってきてる」

「ホントに？」

こっちを向いた彼女の顔が、パァッと明るくなっていく。

「初めはいろいろと確認しながら走ったから、ああなったんだろ？　でも、もう大丈夫だよ」

そう言ったら、立木さんはプクッと膨れた。

「もぉ！　直ったんなら言ってくれたらよかったのに……！」

「昨日も言っただろ？　よくなってきたって」

「え、言った？　加島くん大爆笑してたから、その印象しか残ってないし」

キョトンと、そんなことを言う立木さん。

「いや、笑うだろ普通。あんなにマジメに、ふわんふわんって、一〇〇mも……」

言いかけてから、ハッとした。

こ、これは言ってはいけない言葉だったか。

ヤバい。また泣きだすかもしれない。

「いや。でも、あれはあんまり予想外で、スゲー可愛かったから笑ったんだ」

急いで弁明すると、彼女はちょっと不思議そうな顔をして俺を見上げ、それからプイと横を向いた。

青空の下、
突然ほどけた笑顔に、ちょっとやられた
『スゲー可愛かったから笑ったんだ』
なーんて平然と言ってのけて
もう知らんぷりするなんて……

加島晴人って、ホントに変な人だ。
授業中も、今朝の練習のときの会話をぼんやりと思い返していた。
『可愛い』といったって、それは女の子としての可愛さではないよね。
たぶん、なんていうか、イコール『おもしろかった』ってくらいの意味だ。
だから、こんなことで喜んじゃいけないことは、わかってる。
わかってるけど……ちょっとだけ、うれしい。
女子なら誰だって『可愛い』と言われたら、多少はテンションが上がるもんだ。
いや、べつに喜んでるってほどじゃないけどね。
うん、全然。
相手は大キライな加島くんなんだし……！
そうそう。うんうん。
ぜーんぜん。
でも……。
大キライ、なんて言ったら、バチが当たるかな？
ふと思った。
たしかに、言葉少なでとっつきにくいし、無愛想な態度にもあの言いっぷりにも、
かなりムカつくときはあるんだけれど……。

それにもまして、加島くんはとっても丁寧に走り方を教えてくれる。

『責任とって、なんとかする』と言ったとおりに、本気でなんとかしようと思ってくれてるみたい。

相手はこんなに運動音痴なわたしなのに、まったく無駄になるかもしれないのに、ちゃんとマジメに向き合ってくれている。

それだけは、わかるから……。

しかも、毎日のあの朝練は、加島くんには日課の自主トレだったらしいんだ。

もともとしていた早朝トレーニングの時間を、今はわたしのために費やしちゃっている。

いいのかな……？

退屈な授業を聞きながら、隣を走る加島くんの背が、思ったよりも高かったことを思い出していた。

そうして、わたしたちの朝練の日々は続いていく。

「はい、次ー。スピード上げて」

直線コースの外側で、加島くんがピーッと笛を吹く。

それを合図に、わたしは走る速度を徐々に上げていく。

短い直線。
ピーと次の合図で、そのスピードを維持したままグランドを駆け続ける。
ピッ！
次は力を抜いて、息を整えつつ走る。
今日はそんなふうに、短い距離をスピードを変えて走るトレーニングをしている。
ハァハァ、ゼイゼイ……。
これ、キッツイ。
「次ー、加速」
いいよなー、号令だけかけてる人は。
トラックの内側をゆったり歩く加島くんのことを、恨みがましく睨んでしまう。
第一疲れすぎて、スピードなんて、もうどれも一緒。
速いのなんて、出せないって。
「ラスト一本」
それなのに、抑揚のない声がそう告げた。
ひーっ、まだ走らせる気？
鬼！　悪魔！
折り返して、しぶしぶ、笛の音に反応して、前へ飛びだす。

「加速ー」

一歩、二歩……。

「つっ！」

ズサッ。

突然、足に痛みが走って、コース上に倒れ込んだ。

「イ、イタタタタ……」

左のふくらはぎが硬直している。

つった、つったよぉ……！

「立木さんっ？」

加島くんがあわてて飛んできた。

「どした？　つったか？」

歯を食いしばって、コクコクとうなずく。

痛ーい……！

「ちょっと見せて」

ギュッと押さえていたわたしの手をどけて、加島くんが痛むふくらはぎにそっと手を添えた。

大きな手のひらをそこに当てながら、逆の手で靴ごとつま先を掴んで、すねのほうへとゆっくり曲げる。

「イッ、イタッ、痛いよ……っ」

痙攣《けいれん》して縮こまろうとする筋肉を、逆方向へ伸ばすから、激痛が走る。

ひー、痛いってば！

額に汗がにじんで、じわっと目に涙が浮かぶ。

あ、でも……。

いつの間にか、つっている感覚が消えて、激痛がやわらいでいた。

ジーンジーンと、まだ相当痛いけれど。

加島くんの手は、つま先から離れ、トレパンの上からふくらはぎをさすってくれている。

わわ、長いのにしてよかったな。

ハーフパンツだと、生足に直にマッサージされるとこだった。

そ、それは恥ずかしい……。

足首まであるトレパンの布地を通しても、加島くんの手のひらの熱は伝わってくる。

丁寧にケアしてくれる大きな手が、わたしの脚をすべっていく……。

「あ、も、だ、だいじょぶ」

あわてて足を引っ込めると、そーゆー感情が欠落している加島くんは、無遠慮にこっちを見た。

「そう？」

ち、近い、近い、近いってば。

「え、」

その至近距離からわたしの顔に目をとめた加島くんが、ちょっと戸惑ったような声を漏らした。

なに？

まじまじとわたしを見つめる目。

あ、涙目なのを見られた？

歯を食いしばって、痛いのガマンしている顔を……？

「痛かったな」

チョコンと、加島くんの指先が、わたしの頭を撫《な》でた。

えええっ!?

スン、とそれから彼は何事もなかったように立ち上がる。

ち、違うよ、これは。

イケメンくんが可愛い女子の頭をポンポンってするのとは、まったく違う行為だからね。

なんていうか……そう、転んでケガをして泣いている近所の子どもに、よしよしって、やるやつ。

それ以上の感情はいっさいない。

その証拠に、加島くんは全然フツーに声をかけてくる。

「立てる？」

「あ、うん」

と、立ってみる。

「歩ける？」

「あ、うん」

と、歩いてみる。

痛い足を引きずって、ひょこんひょこんとかばいながら。

すると加島くんは「掴まれば？」と、自分の肩を低くしてわたしのほうへ寄せた。

「あ、いい。だ、大丈夫っ、うん！」

なんだかドギマギして断り、ケンケンで歩いてみせた。

すると加島くんは、そのもう片っぽの足を指して、ボソッと怖いことを言う。

「無理すると、そっちもつるぜ？」

ヒィ……！　そ、それはイヤだ。

結局、加島くんの肩に掴まって、ベンチまで戻ることにした。

あれ……？

ユメちゃんの柔らかな感触とは、全然違う……。

加島くんの肩や腕は、硬くて分厚くて、どんなにわたしが体重をかけても、びくともしない感じ。

意外と……がっしりしてるんだ……。

「今日の練習はこれで終わりにしよう」

ベンチに並んで座ると、加島くんはそう言った。

「あの、ゴメンね……」

「いや、こっちこそ。ちょっとハードだったか」

なんて加島くんは言った。

「加島くん、自分の練習しなくていいの？」

ずっと気になっていたことを聞いてみた。

「ああ、べつに」

いつもながら、そっけない。

何日たっても変わることがない、加島くんとの、この距離感。

「でも、毎朝トレーニングしてたんでしょ？」

「朝は、もともとハードな練習はしないし、立木さんと一緒に走ってるから、それでいいんだ」

「ゴメンね。わたしをなんとかしないと、ゴリ先輩に怒られちゃうから？」

この前、休み時間に教室で、ふたりが言い争ってるのを見た。

てゆーか、加島くんが一方的に怒鳴られてたんだ。『優勝できなかったら、お前のせいだからな』って。

優勝できなかったら……ホントは、わたしのせいだもん。

「は？　ゴリ……先輩？」

加島くんが怪訝《けげん》そうな顔をする。

「あー、鈴木くんだよ、バスケ部の」

ユメちゃんとふたりのときの呼び方が出ちゃった。

「って、なんで、『先輩』？」

「ゴリラ顔のうえに、あんな老け顔、タメにしとくのは惜しいって。ユメちゃんと勝手にそう呼んでるの」

ポツポツとそう説明したら、プハハって突如、加島くんが笑いだした。

「い、言っちゃダメだよ、本人には」
あわててそうつけ加えると、
「言えるかよ」
って、めっちゃウケてる。
ハハハハッて、大声上げて。
この前といい今日といい、ツボにハマると爆笑するタイプなんだ、この人。
意外だなぁ。
で、笑うと、パァッと顔が明るくなる。
いつものムスッとした顔とはギャップがありすぎて、なんかいい感じかも。
自分が笑われたときにはムカついて、それどころじゃなかったけど。
ハハハッて、いまだ笑いすぎの加島くん。
フフ……変なの。
こんなことがおかしいんだ？
見上げると、青い空。そして、目の前には加島くんのはじける笑顔があって……。
それはなんだか、すごくきれいな景色だったよ。
わたしが気にしたからか、慣れてきたからなのか……加島くんはわたしに付き合いながら、自分の練習もこなすようになった。

前に『朝はハードな練習はしない』って言ってたけど、あれはウソだよ。

わたしがちょっと走る間に、加島くんはすっごくいっぱい走ってるもん。

あと筋トレ？　あれがヤバい。

腹筋や腕立てやスクワット、太ももを上げてスキップしたりもするんだけれど、地味だしキツイから、わたしはすぐに音を上げちゃうんだ。

でも、加島くんはその何倍もの量を当たり前にこなす。

腹筋にもいろんなバリエーションがあって、足を浮かせたりとか、起き上がって上体をひねったりとか、鍛える筋肉がビミョーに違うらしい。

筋トレ中はさすがの加島くんも額に汗が光り、息が上がったりしている。

いつもの澄ました顔が苦痛にゆがむのを、ちらちら眺めてたりなんかして……。

なんだか……すごいなって思う。

「あのさ、終わったんなら先に走っとけば？」

「……っ！」

そして……サボってるのがバレると、若干キレられる。

放課後の陸上部の練習も、加島くんは、頑張っているようだった。

朝練ではフルスピードで走ることなんて、まずないけれど、運がよければ下校のとき、トラックを全力疾走する彼の姿を金網越しに見られる。

本気で走っているときの加島くんは、いつもの冷静で淡々とした印象とはガラッと変わって、すごい迫力だ。

そして、すごく速い。

真剣な表情。

地面を蹴る力強い足。

風になびく髪。

初めてその姿を見たとき、なぜか言葉が出なかった。

ただただ、息をのんで見つめていた。

走る加島くんの目線の先には、どんな景色が広がってるんだろう？

「おー、かっこいいね」

横でユメちゃんが、そうささやいたっけ。

でも……そんな加島くんも、教室にいるときは、ただの無愛想な陸上オタクだ。

彼のカバンの中にはいつも陸上雑誌が突っ込まれていて、休み時間には、よくひとりでそのページをめくっている。

わたしたちがファッション誌を見るような感覚なのかなぁ？

そういう本を無心に見てるときの彼は、子どもみたいでちょっと可愛いんだ。

「よく見てるよね」

今日もそんな彼を確認していたら、隣の席からユメちゃんが言った。

「でしょ？　いつも見てるよね、陸上の本。おもしろいのかなぁ、あんなの読んで」

どの世界にもオタクっているんだなぁ。

そんなことを考えていると、ユメちゃんがあきれた声を出した。

「そうじゃなくて」

「ん？」

「スモモが加島くんのことをよく見てるなぁと思って」

なんてクスクス笑っている。

は？

「え、いや、見てない、見てない」

「加島くん、いつも陸上の本を読んでるの？　そんなこと、わたし知らないし」

とニヤニヤするユメちゃん。

「知らない。わたしも知らないよ。今、偶然見ただけ」

「ウソばっか」

あわてて否定するわたしの顔を、ユメちゃんがにんまりと覗き込む。

「スモモ、興味あるんだよね？　加島くんのこと」

「ないない。全然ない！」

全力で首を横に振ったら、ユメちゃんは机に突っ伏して笑いだした。

「顔まっ赤だよ、スモモ。わかりやすすぎ」

「なにが？」

「朝練始めてもう十日はたつよね？　みんなもウワサしてるよ～。加島くんとスモモ、毎朝よく続くねって。ふたりっきりで仲よく走っていて、いい感じだって」

「えーーーっ？　ち、違うよ。だって、それはリレーの練習だから。それに、ちっとも仲よくなんかないもん！」

フフッとユメちゃんが笑った。

「みんながそう言ってるって、報告しただけ」

「そ、そう」

「それともホントに好きになっちゃったんじゃない？　加島くんのこと」

「はぁっ？　いやいや、絶対にありえない。だって、わたしキライだもん、加島くんのこと」

「キライなの？」

「うん」

「今も？」

「え」

「もうキライじゃないんじゃない？」

人の心を読むように、ユメちゃんがとどめの言葉を放った。

……たしかに。

もう……キライでは……ないかも、しれない……。

翌朝、すがすがしい朝の空気の中、わたしたちの練習はいつもどおりに始まる。

いや、いつもどおりじゃないか。

昨日ユメちゃんがヘンなことを言うから、なんだか、やけにそわそわしていた。

キライじゃないかもしれない加島くんのことを、妙に意識してしまう。

「今日は、前傾姿勢の練習からな」

黒い瞳でまっすぐに見られるだけで、胸の奥がドキンッと跳ねた。

〝走りだしてしばらくは姿勢を低くしてスピードを上げていき、だんだんと体を起こして力強く走り抜ける〟

この前から練習してるけど、それがわたしには、うまくできない。

前傾と言われるだけで、腰を曲げて走るおばあさんみたいになっちゃうんだ。

だけど、加島くんはもう笑わないでいてくれる。

「筋力もいるし、無理に意識しないほうがいいかもな」

そう言いながらま横に立ち、彼はわたしの背中に片手を当てた。

「あんまり前に傾けると、転んじゃうだろ?」

その手を押しながら、もう一方の手で支えるようにわたしの胸の下あたりを押さえ、間近で顔を覗き込む。

「キャアッ」

ドキッとして思わず彼の手を振り払い、飛びのいた。

「えっ」

驚く加島くん。

「ひ、ゴ、ゴメン。恥ずかしかったの。体さわられて、顔近くて……」

カァッと顔面が熱くなる。

「か、体、さわ……?」
ハ、しまった。不審すぎる。
「違うっ。自意識過剰でヘンなの、わたし」

あわてて言い訳をしたけれど、加島くんは、

「ゴメン俺、今、胸……さわった、か」

なんて自分の手に視線を落として、トンチンカンなことを呟いた。

「違うよ！　胸ならもっと、やわらかいから！」

わたしもまた、とてつもなくヘンなことを答えている。

わ〜、なんだ、これ。バ、バカみたい。

「……」

わ、棒立ちになった彼の顔が赤くなった。

「ゴ、ゴメン！　なに言ってんだろ、わたし」

マジメにコーチしてくれてるのに、チカン扱いしてしまうなんて、失礼すぎる。

「まぁ、姿勢については考えすぎると体が動かなくなるし、自然体でいこう」

「う……ん」

「考えたって、どうせ本番になったら、全部吹っ飛んじゃうし、もうずいぶん速くなってるから大丈夫だよ」

「うん」

加島くんは何事もなかったように接してくれた。

それはつまり、向こうはこっちをまるで意識していないという証拠でもあり……。

そのうえこうして、どう走ったらいいのかまとめてくれているのは、もうすぐ、ふたりだけの朝練が終わるから。

あさってからは他のメンバーも加わって、最後の仕上げとも言えるバトンパスの練習をすることになっていた。

『練習の成果、楽しみにしてるよ』なんて、リレーメンバーのみんなから声をかけられることも多くなった。

そんなみんなの前で、わたしがちゃんと走れるように、加島くんは考えてくれているんだね。

「加島」

そのとき、背後から声がした。

振り向くと、長身の男の人がグラウンドの中まで入ってきて、加島くんのことを見ている。

学生服の襟もとにあるバッジの色から、三年生の先輩だとわかった。

「福本《ふくもと》先輩」

「ちょっといいか？　お前に話がある。部活のときだと、みんながいて話せないから」

陸上部の先輩かな？

しっかりとした話し方をする、落ちついた感じの人だった。

「はい」

加島くんは一歩踏みだし、その福本という人に正面から向かい合う。

「余裕だな。遊んでんのか？」

するとと福本先輩は、そう言いながらわたしのほうにちらりと目をやる。

「いえ、体育祭の……」

「体育祭のすぐあとに競技会があるけど、大丈夫なんだろうな」

返事をしようとする加島くんを遮って、福本先輩はそう言葉をかぶせてきた。

「調子は上がってきています」

「記録を残せるのかって聞いてる」

「え？」

「お前のベストを上回る走りができるのか？」

それはつまり、ジュニアの日本新記録を出せってこと⁉

「それは……」

「ずいぶんと、のんびりしたもんだな」

加島くんが言葉を濁すと、福本先輩はそう言った。

「あのタイムは、お前の記録だ。あんなのが、まぐれで出せるとは思ってないし、お前なりに努力をしてきたことも認めている」

「は……い」

「だけどな加島、陸上部はお前だけのクラブじゃないよ」

福本先輩は、そんな当たり前のことを口にした。

「俺はべつに……」

「吉崎《よしざき》先生が、顧問をクビになる」

ギュッと加島くんを見据えて、福本先輩は言った。

「え？」

「来年度から新しいコーチが赴任してくるんだとさ。陸上でインターハイ出場の経験があって、強豪校での指導歴も長いってやつ」

そこで福本先輩は息をついた。

「たまたま職員室で、教頭がお礼の電話をしてるところに出くわしたんだ。電話の相手は、おそらく陸連関係の人なんじゃないか」

どっちから頼んだのかはわからないけれど、学校側がそういう指導のできる先生を採用できるよう取り計らってもらったらしい。

そんなことを、福本先輩は整然と話した。

「加島。それって、お前のための人事だよな」

静かな目が、加島くんをとらえる。

「俺は、そんなこと頼んでません」

「お前の記録がほしいんだよ、学校は。お前がダメなのを、全部、吉崎先生のせいにされちまう」

ダメ、と簡単に、福本先輩は片づけた。

「俺らはみんな、吉崎先生が好きなんだ。あの人、いつもひょうひょうとしてるけど、実は、部員ひとりひとりのことを、ちゃんと見てくれている。……サボってたら怒れるし、スランプになってると声かけてくれたりな」

向けた視線を加島くんから逸らさずに、福本先輩は言葉を続けていく。

「たしかに、陸上経験はないかもしれないけれど、職員室にある吉崎先生の机には、陸上関係の本が何冊も並んでいるんだ。俺らに技術的なアドバイスもできるように、先生だって努力している」

「わかってます」

黙って聞いていた加島くんが静かに口を開いた。

「わかってんなら、することがあるだろ」

福本先輩が急に声を荒らげた。

「たらたらしてんなよ。お前がちゃんと結果を残せないから、吉崎先生は辞めさせられるんだ」

そんな……。それが全部、加島くんのせいだなんて言いすぎだよ。

だけど先輩は、さらに責め立てるような口調になる。

「陸上なんて基本、個人競技だと思っていたけれど、あの先生が来てからなんだ。陸上部が今みたいに、いい感じにまとまったのは。それがわかるか、お前に」

「はい」

そう答えた加島くんの声は、福本先輩の心には届かない気がした。

お前なんかに、わかってたまるかって……福本先輩の言葉には、そんな響きがあったから。

「今の陸上部は、ひとりひとりが自分の目標を決めて、頑張っている。まぁ、お前から見たら、ちっぽけな目標なんだろうけど？」

言葉のトゲは、いちいち加島くんに向かっていく。

「そういうの全部、吉崎先生のおかげなんだぞ。お前は、それをメチャクチャにする気か？」

「そんなつもりは」

「つもりはなくても、結果そうなるんだよ」

福本先輩は怖い目をして加島くんを睨みつけた。

はたから見ているだけで足がすくんでしまうような強い視線。

「俺……」

いつも冷静な加島くんが言葉に詰まった。何事にも動じない加島くんなのに、続く言葉が出てこない。

「加島、お前がいいタイムを出せば、それで済むんだ。上回らないにしてもベストに近いタイムで走れよ。そうすれば、先生の力量だって認められるんだから」

そんなの……出そうと思って出せるタイムじゃない。なに言ってるの、この人。

さすがに、ひとりよがりな言い方に腹が立ってきた。

だけど、福本先輩はもっとひどい言葉を投げたんだ。

「できなければ、他んとこ行けば？」

「え？」

「あるんだろ？　私立の強豪校から引き抜きの話。『学費免除するから、うちに来てくれ』って」

淡々とした口調に戻って、福本先輩は言った。だけど、加島くんに向けられる目の力はむしろ強くなっている。

「お前は俺たちとは目標が違う。素質だって才能だってあるんだし、そういう学校で自分を高めればいい」

そんな……！

「強豪校なら施設も指導者も一流だぞ。スランプになったって、今なにをすればいいのか、ちゃんと教えてくれる」

それじゃあ加島くんはこの学校には、いらないってこと？　自分たちの陸上部には、いらないってこと？

そんなひどいことを言いながら、福本先輩は悪びれる様子もない。

「なぁ加島。俺だって、中高と短距離をやってきた人間だ。もし、お前の足があったら、俺なら迷わず転校する。自分がどこまでやれるのか試してみたい。お前は、そうは思わないのか？」

「だけど俺も、自分なりに……」

「お前の自主トレなんて、ただの自己満足なんじゃないのか？　やったつもりになってるだけだ」

たたみかける福本先輩の言葉に、加島くんは返事もできなかった。

「逃げてんじゃねーよ。マジ、ムカつく。いらないんなら、俺にくれよっ。その才能もチャンスも！」

言いたいことだけぶちまけて、福本先輩は去っていった。

校舎へ向かうその背中を見送りながら、加島くんはぼんやりと突っ立っている。

じっと……動かないまま。

「あの、大丈夫……？」

そっと声をかけたら、やっとわたしの存在を思い出したのか、加島くんがこっちを向いた。

黒いきれいな瞳が、一瞬戸惑うように揺れて、とても……哀《かな》しい色に見えた。

「誰、あの人？」

「陸上部のキャプテン。尊敬してる」

ポソッと呟く声が、少しかすれて聞こえる。

「自己満……か。言われちゃったな」

力なくこぼれた言葉が胸を締めつけた。

「そんなことないよっ！　加島くんは、頑張ってる。ちゃんとやってるよ！」

練習中の彼の苦しげな表情が目に浮かんでくる。

汗も、息づかいも、真剣な目も……。

加島くんは、いっぱい努力してるもん。

「ゴメン、立木さん」

加島くんが軽く息を吐いた。

「まだ早いけど、今日の練習終わってもいい？」

「あ、うん。大丈夫……だよ」

「悪い」

小さく言うと、彼はフェンスに向かって歩きだした。

グラウンドの一辺を外の道と隔てている金網のフェンス。

その手前にあるベンチの上の自分のバッグを取り、部室へと引きあげていく。

二週間近く、毎朝一緒に過ごしたんだから、わたしにはわかるよ。

普通にしているように見えるけど、福本先輩の言葉は彼の胸に刺さったままだ。

顧問の先生のこと、記録のこと、転校のこと、そして逃げてると言われたこと……。

わたしなら、まっ先にユメちゃんのところに飛んでって、泣いたり怒ったりして、ぶちまけちゃう。

そうしたら、ユメちゃんはきっと、わたしが楽になる言葉をかけてくれるね。

だけど、加島くんは、そうじゃないんだ……。

おそらく誰にも話さない。

尊敬している先輩にあんなこと言われて、それをひとりでマトモに受け止めて、どこにどうやって吐きだすの？

どんな言葉を、自分に言い聞かせるの？

胸がギュッと苦しくなった。

授業中も休み時間も、加島くんは一日中、ぼんやりしているように見えた。

大好きな陸上雑誌も全然見ていない……。

加島くんの心は今、なにを考えてるの？

翌日は、雨だった。

最初は加島くんとの練習がイヤで、あんなに望んでいた雨だったのに、今はちっとも、うれしくない。

むしろ、窓の外を見て、どんだけガッカリしたか。

どしゃぶりの雨……。

ふたりっきりの練習は、今日が最後だったのに……。

きちんとお礼が言いたかった。

加島くんも彼らしい言葉を、なにかくれたかもしれない。

でも……。

それにもまして、昨日のことが気になっている。

加島くんが、今、どんな状態でいるのか知りたい。

知ったところで、こんなわたしがしてあげられることなんて、ありはしないんだけれど。

朝練が習慣化していて時間を持て余してしまう。

もしかして、雨は途中でやんで、加島くんが現れるかもしれないと思って、結局いつもの朝練用の時刻に家を出た。

じっとしていても落ちつかないから……。

だけど、この雨で野球部の練習も中止らしく、駅からの通学路は誰も歩いてはいなかった。

やまない雨。

灰色の空ごと落ちてくるかのように、ザーザーと降り続く。

「さむ」

傘を持つ手がひどく冷たかった。

人気のない校門を抜けて、ふと気がつくと、向こうの渡り廊下にポツンとひとり、ジャージ姿の男子が見えた。

……加島くんだ。

校舎と講堂をつなぐ、屋根つきの廊下。

グラウンドのほうへと突きだしたそのコンクリの上で、彼はひとりで体を伸ばしていた。

いつものストレッチ。

足首を回して、アキレス腱を伸ばして……。

ゲタ箱のほうへ行きかけていた足が止まり、無意識に加島くんがいる廊下に向かって歩きだす。

「あっ」
一瞬、息をのんだ。
加島くんが突然、どしゃぶりのグラウンドに飛びだしたんだ。
誰もいないグラウンド。
雨に打たれながらスタートの体勢を取り、そこから一気に駆けだしていく。
全力疾走。
力強く、一直線に……。
彼が足を踏みだすたびに、バシャバシャと水しぶきが上がっていく。
ハッ……！
そのとき、ぬかるみに足を取られたのか、加島くんの体がグラッと揺れた。
バランスを崩し、そのまま地面に叩きつけられる。
バシャン、と大きなしぶきが上がった。
か、加島くん⁉
倒れ込んだ体がゆっくりと起き上がるのが見えた。

そして、座り込んだまま動かない。

彼はグラウンドの中央で、じっと雨に打たれていた。

容赦なく降りしきる雨。

動かない加島くん……。

「か、加島くんっ」

グラウンドをバシャバシャと突っ切って、彼に駆けよった。

「大丈夫？　ケガしたの？」

座り込んだままの加島くんに傘を差しかける。

驚いたように見上げる目。

「『中止だよ？　今日の朝練……』」

わたしたちは同時にそう言った。

「そうだよ、中止だよ。なのに、なにやってんの？　ケガは？　大丈夫だったの？」

矢継ぎ早に質問すると、彼はコクンとうなずいた。

だけど、うなずいたまま顔を上げない加島くん。わたしは彼の隣に腰を落として、しゃがみ込む。

「ムチャだよ、こんなどしゃぶりの中、全力疾走するなんて、あぶないよ」

差しだした傘が加島くんを守る。

「……走りたかったんだ」

かすれた声が言った。

「せっかく調子が上がってきてんのに、走ってないと忘れそうで」

「忘れるって、なにを？」

「……走り方」

濡れた髪から、しずくが滴って流れていく。

伏せたまつ毛にまで、小さな雨粒が宿る。

「わからないんだ、俺……。あの頃の走りと今の走りが、どう違ってんのか」

絞りだされた声が、雨音にかき消されていく。

加島くんの頬を伝う雨のしずくは、まるで涙の粒のように見えた。

こんな加島くんは初めてだ。

昨日の一件が、きっと彼を苦しめている。

「先輩に言われたことなんか、気にすることないよ。あんなの、加島くんのこと、妬《ねた》んでるだけじゃない？」

なんとか気持ちを和らげたくてそう言ったら、イラ立った声が返ってきた。

「は？　こんな俺のどこに、妬む要素があんの？」

やっと上げた顔は、とても怖い表情で……。

目に見えないものが、じりじりと加島くんを追いつめているのがわかる。

「わ、わたしが教えてあげる」

「……?」

「加島くんが忘れちゃったら、わたしが、教えてあげるから……!」

傘の柄を彼の肩にもたれかけさせて手を離し、わたしはすっくと立ち上がった。

「こうだよ、こう。手は前後に、拳《こぶし》なんか目の高さを超えちゃうくらいまで大きく振るんだ」

加島くんがよく見えるようにと横向きに立ち、わたしは彼に教わったとおりのフォームをして見せた。

「足はいつもより大きく、前へ前へと踏みだすの」

グイッと片足を前に出して、雨のグラウンドにバシャッと着地する。

「それからね、肩の力は抜いて、顔はまっすぐ」

わたしの肩に手を置いて、加島くんは教えてくれたよね。

「あとスタートダッシュは、つま先で思いっきり蹴って……」

他にもいっぱい加島くんに教わった。

いっぱい、いっぱい……。

「それから、えっと、走りだして最初は姿勢を低くして……」

そのとき、ふわっと雨がやんだ。

ううん、やんだわけではなくて、立ち上がった加島くんが、わたしに傘を差しかけてくれていた。

もう怒った顔はしていない。

だけど、なんだか泣きだしそうに見えるよ？

「なんで、立木さんが泣いてるの？」

逆にこっちがそう言われて、初めて自分が泣いていることに気がついた。

「だって、加島くん、苦しそう……」

あんなに頑張ってる加島くんが、どうして、こんな思いをしなくちゃならないの？

悔しいのか。

悲しいのか。

切ないのか。

涙の理由は、自分でも、よくわからない。

ただ傷ついて苦しそうな加島くんが、胸にギュウッと痛かった。

いつも強気で冷静沈着な彼が、今にも壊れそうに見えて、どうしたらいいのか、わからなかった。

彼の腕がためらいがちに伸びてきて、指先がかすかに、わたしの頬に触れた。

こぼれた涙をそっと拭いてくれる。

その指の感触に、さらに涙があふれてしまう。

なんにもできなくてゴメンね。

なんにも言えなくてゴメンね……。

「また……教えてくれる？」

「う？」

「俺、すぐに忘れちゃうから」

わたしを見つめてそう言った加島くんは、いつもの彼だった。

静かな瞳に問われて、わたしはただコクンとうなずくことしかできない。

加島くんの指がスッと離れ、差しだした傘を持たせてくれた。

そしてそのまま、渡り廊下へと戻っていく。

取り残されたわたしは、そのうしろ姿を見送りながら、どしゃぶりのグラウンドに立ち尽くしていた。

キミの涙と、笑顔が、
俺の中に小さな灯《あか》りを燈《とも》していく
大きな瞳が映しているのは
誰かの笑顔だったりするのかな……？

視線の先

【Side加島】


レンガ色のトラックレーン。

まっすぐに伸びる白いライン。

スタートの号砲。

目の前に広がる青い空。

その間に割り込む、何人もの背中。

空が、見えなくなる。

スタートをミスったわけではなく、どこか故障しているってわけでもない。

けれど、追いつけない背中。

縮まらない距離。

後方から、ひたひたと追い上げてくる足音。

じりじりと迫る時間は、一瞬なのか、永遠なのか……？


そんな夢をよく見る。

目が覚めると俺は布団の中にいて、『これは夢だ』と自分に言い聞かせる。

夢のくせに、その感覚がいつまでも体を支配していて、思考がうまく現実にシフトできない。

暑くもないのに、じっとりと汗をかいていた。


体育祭三日前の朝。

昨日の大雨がウソみたいな晴天だった。

グラウンドはおそらく、もう使えるだろう。

今日から二Aのリレーメンバー全員そろっての朝練が始まる。

いつもどおりに家を出て学校につくと、早朝のグラウンドは少しばかり、にぎわっていた。

いつも俺と立木さんとがストレッチをしていた専用スペースも、もう誰かに乗っ取られている。

「おーい、こっちこっち」

「早く来いって」

いろんな声が飛び交って、静かな朝が、ガヤガヤと昼休みのグラウンドみたいだ。

クラス対抗だけではなく、今朝は八〇〇mや四〇〇mのリレーに出るヤツらも集まっている。

考えることは同じなのか、他のクラスもちらほらと練習を始めたようだ。

空気がひんやりと気持ちいい。

ホコリもチリも、雨が洗い流してくれたのか。

「おう、どうだ、加島?」

鈴木がさっそく寄ってきた。張りきっているのか、やたらと声がデカい。

「いいよ」

「なにが?」

「調子だろ?」

当たり前に答えると、「ああ」と鈴木はわざとためてから、うなずいた。

「アイツ、大丈夫なんだろうな? 立木紗百」

「うん」

軽くスルーして、俺は立木さんのほうへと目をやった。

今日は髪をふたつに結んだ彼女が、本荘や他の女子たちの輪の中にちゃんと入っているのを確認して、なんだか少しホッとした。

昨日は……かっこ悪かったよな、俺。

泣きながら走り方を教えてくれたあの子の姿を、あれから何度も思い出していた。

同情なのか、驚いたのか。

あんなふうに泣かせてしまうほどに、俺はヤバそうな雰囲気だったんだろうか……。

まぁ……そうかもしれない。

吉崎が顧問を外されるなんて話は、まったく知らなかった。

アイツが陸上部のみんなから、そんなふうに慕われているなんてことも、全然。

吉崎のことをなんとなく気に入ってんのは、俺ぐらいのもんかと思ってた。

担当教科の数学はもってもらったことがないけれど、案外アイツは、いい先生……なのかもしれない。

だからこそ、余計、福本先輩の言葉が痛かった。

俺のせいで吉崎が顧問を外される。

走れない自分が、こんなふうに誰かに害を与えているなんて、思いもよらないことだった。

期待を裏切るうしろめたさも、走れないみっともなさも、ただ自分にだけ降ってくるもんだと思っていたから。

それぐらい、かぶる覚悟ならできていたんだ。

走れない俺と付き合うのは、俺だけでよかった。

開き直って、逃げずに、走れない自分と向き合ってきたつもりだったのに。

……つもりだっただけで、俺はやっぱり逃げてるんだろうか……？

自己ベストを出してすぐにスランプに陥り、有名校からの引き抜きの話なんて具体的に考えたことはなかった。

走れないまま、そんなところへ行ったって、自分の居場所があるとは到底思えなかった。

この陸上部に……築いていると信じていた俺の居場所は、ただの逃げ場だったというのか……?

それにしても……。

ずっと続けてきた、ふたりだけの練習の最後を、あんな形で終えてしまったことを、俺はかなり後悔していた。

立木さんに悪かったな。

頑張ったことや成長したことを、もっと、ほめてやりたかった。

ふたりで、ジュースの乾杯をしようと思ってたのに。

最後はあの笑顔を見て締めくくりたかった……。

なのに、雨の中で俺を見上げる泣き顔が最後になるなんて。

あのときの、立木さんの涙……。

それを見たとき、俺は……。

「ちょっと加島くん」

いつの間にか集まっていたクラスの女子に呼びかけられて我に返る。

「スモモちゃん、鈴木にいじめられてるよ」

えっ？

見ると、大男の鈴木が立木さんのすぐ横に立ち、腕組みをしながら彼女のことを見おろしていた。

「なんだよ、なに、なに？」

あわてて駆けていって、間に入る。

「あのね、鈴木くんが走ってみせろって」

小さな声でそう言って、不安げに俺を見上げる瞳。

「なんで、立木さんにだけ言うんだよ？」

反論する俺を、鈴木はじろっと睨んだ。

「当ったり前だろ？　背負わされるお荷物がどんな重さなのか、みんなだって知っておきたいはずだ」

ふんぞり返って、わざとデカい声で言う。

他のみんなも動きを止めて注目している。

コイツ、〝お荷物〟だとか……。言い方がいちいちキツいんだよ。

パッコン、とそのとき、誰かが鈴木の尻を蹴った。

「イテッ」

「アンタさぁ、大勢の前でひとりだけ、つるし上げるような真似すんなよ」

おお、本荘。いいことを言う。

「はぁ？　どの程度なのか見ておきたいって言っただけだ。べつに、つるし上げてなんかいねーし。ちゃんと走ればいいだけだ。走れるんだろーな、おい」

だけど、鈴木は全然ひるまない。

つーか、むしろケンカ売ってる!?

「うっせ、もういいよ。早くみんなで、バトンの練習しよう、加島」

それには取り合わず、本荘がみんなを集めた。

「だな、時間がない」

俺は集まった面々にバトンの扱いについて、おおまかに説明した。

「みんなも知ってると思うけど、バトンの渡し方にはオーバーハンドとアンダーハンドパスがあって……。まぁ、みんなが馴染《なじ》みやすくて、失敗が少ないのがオーバーだから、今回はそれを練習して、スムーズにパスできるようにしよう」

ってことで、リレー種目ごとに分かれて練習開始。

ゆっくりと確認しながら、短い距離で試してみる。

渡すほうは走ってきたスピードを緩めずに、渡されるほうもスタートを切って加速しながら受け渡しができたらベストなんだけど。

走る順に実際やってみると、第六走者の鈴木と第七走者の立木さんとの間が、何度やってもうまくいかない。

「だから、待ってないで走りだせっつってんだろ。ちゃんとやれって」

と、吐き捨てる鈴木。

「……ゴメン」

簡単に言うと、鈴木がダメ出しして、バトンを渡さない。

もしくはタイミングが合わなくてうまく渡せないとき、その素振りをおおげさにしてみせる。

「キャッ」

揚げ句に立木さんがバトンを落として、チッと鈴木が舌打ちをした。

「テッメェ……」

「テメー、わざと乱暴に渡しただろーが。こら」

言おうとしたら、本荘に先を越された。

「優勝するっつったのお前だろ。いじめてんじゃねーぞ、「ゴリラ」

……俺より確実にキレがいい。

『ゴリラ』は禁句だったのか、鈴木が猛然と言い返し、そこでまた全員から非難をごうごうと浴びていた。

こうなるともう〝鈴木　VS　他のみんな〟的な構図ができ上がっちまって、収拾がつかない。

立木さんだけが困った顔をして立ち尽くしている。

「だいたい、こーんなこともできねーヤツ、面倒見きれるかっ」

鈴木は立木さんをしつこく責める。

「ちっせーヤローだな。いい加減にしろよ、鈴木」

「そうだそうだ。引っ込め、ゴリラ」

「なにをっ」

「なんだよ、バーカ」

「バカとはなんだ、バーカ」

あー、もう……！

収拾がつかない。

「あ、あ、あのっ」

そのとき、ひときわ大きな声を上げたのは、立木さんだった。

「わたし、走るから……。みんなにも見てもらう」

え？

「鈴木くんの言うとおり、どんなもんだかわかんなきゃ、困るよね？　わたし練習したから息切れしないで走れるようになったけど、やっぱりまだ遅くて、みんなの足を引っぱっちゃうと思うんだ」

立木さんは意を決したように、鈴木のことをまっすぐに見ている。

「だけど、精いっぱい走るから、それがどの程度なのか知ってもらって、あとはみんなでフォローしてください。……ゴメン！」

みんなに向かって、最後にちょこんと頭を下げた。

結んだ髪がふたつ遅れてピョコンと跳ねる。

「ゴメンはいらないよ」

本荘が言った。

うんうんと、うなずいているヤツもいる。

そんなみんなが見守る中、立木さんはトコトコと小走りで、スタート位置についたんだ。

よく練習で使ったトラックを半周するコース。

そのスタートラインにひとりで立ち、今、大きく息を吸い込んだ。

タン！

つま先で地面を蹴って、勢いよく飛びだした彼女が風を作っていく。

キッと結んだ唇。

前方をたしかに見つめる目。

手足がしなやかに動いている。

もう自分のものになっているフォーム。

なびく髪が風を連れていく……。

息をのんで、俺はそれを見つめていた。

練習を始めた頃と比べると、見違えるような走りだった。

立木さん、ずっと練習頑張ったもんな。

怒ったり泣いたりしながら、それでも毎朝休まずに来てくれた。

いつも一生懸命、走ってた。

俺には作れない風。

彼女だけが作れる風。

その風を感じて、俺はそこに突っ立っていた。

走ることが楽しくて仕方がなかった頃の自分を思い出していた……。

ゴールした彼女を、俺たちは拍手で迎えた。

きっと、ここにいるメンバーには及ばないんだろうけど、でも、あとひと枠に出場してほしいと松山が誘っていたヤツらには、絶対に負けない走りだった。

立木さんのひたむきさが伝わる一〇〇mだった。

「すっごーい、スモモちゃん。やるじゃん」

「短い間に頑張ったんだね、スモモ。すごい成長だよ」

「おう、勇気もらった。頑張ろうぜ、俺たちみんなで」

みんなに囲まれて声をかけられて、額の汗をぬぐった彼女は、

「やっぱ、息切れするかも」

と、恥ずかしそうに笑った。

鈴木はその輪の中には入らなかったけど、でも、輪の外側から立木さんに声をかけていた。

「まー、どんなもんかは、だいたいわかったから」

って、それだけだけど。

それだけ告げて、もうこっちに向かって歩いてくる。

それってさぁ……わかったからフォローしてやる、って意味なんじゃねーの？

素直に言えばいいのに。なんなんだ、その態度？

で、俺のところまで歩いてきた鈴木は、なぜか俺にはこう言った。

「加島、さすがだな、お前」って。

なぜだか、ふんぞり返ってエラそうに言う。

頑張ったのは、立木さんなんだけどな。

「プ、素直じゃねーの」

「あん？　なにが？」
鼻を膨らませる鈴木。
「直接ほめてやりゃあいーのに」
「ハン、誰がほめるか、あんなトロいヤツ」
振り返ると、立木さんは輪のまん中で笑っていた。
本荘に、きれいな髪をクシャッと撫でられて、うれしそうにしている。
まったく本荘にはいいところを持っていかれっぱなしだし。
女子のメンバーの中で立木さんは、もう下の名前で呼ばれてるみたいだった。
〝スモモ〟って……。
今度、俺も呼んでみようか。
……。
ウソウソ、無理無理。絶対噛むよな。
でも……。
放課後。
陸上部の練習後のストレッチが終わって、一年生がグラウンドを片づけ始める。
日が落ちるのがずいぶん早くなって、オレンジに輝いていた空は、もうすっかり薄墨色に変化していた。

この前の大会で、ほとんどの三年生が引退したけれど、まだ部活を続けている先輩もいる。

彼らは、進学先でもずっと陸上をやっていく人たちなんだと勝手に思っている。

福本先輩も、そんなひとりだった。

「キャプテン」

グラウンドを引きあげていく長身の背中をうしろから呼び止めた。

「あの……」

福本先輩は足を止め、俺にチラッと視線をくれる。

「俺、走ります」

「うん？」

「今度の大会、精いっぱい走ろうと思います」

それだけを伝えたかった。

どう走ればいいのか？

どこで走ればいいのか？

こんな思いをしてまでも、なんで俺は走るのか？

考えても、悩んでも、結局、答えなんか見えなかった。

だけど今朝、立木さんが走るのを見て思ったんだ。

ただ、思いっきり走ろう、って。

あんなふうに風をまとって……。

今までだって、レースのたびに精いっぱいやってきたつもりだけど、今はなにかが違う。

ただ、走るのが心地いい。

さっきまで練習で走っていたくせに、まだまだずっと走っていたい気分だった。

「それだけ？」

怪訝な顔をして次の言葉を待っていた福本先輩に、俺は小さく頭を下げた。

「えっと、今はそれしか答えられなくて……」

先輩が軽く息を吐く。

「答えは風の中、か」

いい結果が出ても、出なくても。

きっと、なにかが見つかる気がしていた。走りだしたその風の中で……。

立木さんが走ったことがきっかけで、俺たち二Aのクラス対抗リレーメンバーは、ガチッとひとつにまとまった。

みんな盛り上がっていて、朝練の他に昼休みもグラウンドの片隅でバトンパスの練習をしたりしている。

時間がないから制服のままなんだけど。

実際、バトンパスがスピーディにいけば、かなりの戦力アップになると思う。

期待大だな。

鈴木も、案外おとなしくやってるようだ。

まぁ一応、スポーツマンだしな、もともと。

アイツは、あれでもうちの弱小バスケチームを地区大会準優勝まで持っていったヤツなんだ。

問題は自分ができることは他人にもできると決めつけるところ。

しかも、我が強いし、あちこちで衝突しまくってるらしいけど。

だけど、勝負に対する執念とか熱さとか、なりふりかまわないあのテンションとか、押しの強さとか、ひょっとして俺こそゴリ先輩から学ぶべきなのかもしれない。

……なんて、少しだけマジに思っている。

しかし、いったい、なに食ったら、あーなれるんだろ？

……バナナか⁉

「おーい、スモモ、頑張れー！」

二Aクラス対抗リレーの全体練習二日目の昼休み、グラウンドの隅で練習しようと集まっていると、校舎の窓から声がかかった。

二階の、ちょうど俺たちの教室がある廊下の窓から、誰かが手を振っている。

「もぉ、見なくていいよ」

立木さんが笑いながら見上げて返事をした。

あれは夢崎さんと……坂田涼《さかたりょう》？　一年のとき、同じクラスだったヤツだ。

「ね、あのふたり付き合ってるんだよね？　夢崎さんとD組の坂田くん」

下では誰かが、立木さんにささやいている。

「うん。実はラブラブなんだよ」

「えっ、ホントに？　全然知らなかった」

「一緒にいるの見たことなーい」

見ていると、他の女子たちも即会話に加わってくる。

女子は好きだからなぁ、こーゆー話。

「学校ではそーかもね。坂田くん、放課後は音楽室でバンドの練習するから、一緒に帰れないし」

と説明する立木さん。

「そっかぁ、坂田って『ドリアンチョッパー』のボーカルやってる子だ？」

誰かがデカい声を出した。

は？　なんだ、それ。バンド名か？

だけど、そのヘンテコな名前のバンドを知らないのは俺だけらしく、女子たちの話はどんどん盛り上がっていく。

どうやらそのバンドは校内では群を抜く実力派らしく、五月の学祭では満杯の視聴覚室を総立ちにさせたらしい。

「隣にいるのも、そうだよね、D組の子」

「あー、ギターの人だ」

「高梨俊介《たかなししゅんすけ》」

女子がいっせいに窓を見上げたので、俺もつられて上を見る。

と、坂田の横にもうひとり、こっちを眺めている男がいた。

やたら背が高くて無造作ヘアの……なんだかイケてる感じのヤツ。

「あ！　じゃあ、あっちがスモモちゃんの彼氏？」

誰かがそんなことを聞いた。

え……っ。

「違う違う。そんなんじゃないから」

全力で否定する立木さん。

ホッとしたのもつかの間、彼女は、

「高梨くんには、もうフラれ済みなんだよね～」

なんてケラッと笑った。

えっ？

「そうなの？」

俺が言いかけた言葉を女子が続ける。

「うん。一年生のときのバレンタインに、ユメちゃんが坂田くん、わたしが高梨くんにチョコをあげたの。結果、ユメちゃんたちは付き合うことになったのに、わたしは即答で、『ゴメン。友達で……』だからね」

……マジか。

「えー、スモモちゃん可愛いのに。もったいないことするなぁ」

「高梨って、ちょっとモテてるもんね。変人っぽいけど」

「特定の彼女作らないんじゃない？」

なんて次々とフォローが入る。

「気をつかってくれなくて大丈夫だよ。高梨くんのことは、ちょっといいなと思ってただけだから。フラれても、ほとんどダメージなかったし」

立木さんは意外にも、そんなことを言った。

ふーん……。

「今はもう、なんとも思ってないもん」

もう好きじゃないってこと……か？

笑顔の立木さんを横目で見る。

何気ないフリをして、そんなガールズトークに全力で聞き耳を立てていると、上から
また声が飛んだ。

「スモモ、転ぶなよ」

見上げたら、その高梨ってヤツが窓枠に片肘をついて立木さんを見ている。

大人っぽい表情が、笑うと柔らかで、ひとなつっこい雰囲気になった。

〝スモモ〟って呼んだよな、今……。

「なんだ、あのチャラけた男は？」

ちょうど、やってきた鈴木が、ボソッと呟く。

「なんか、ムカつくヤツだな」

おお、初めてコイツと意見が合った。

「立木紗百にぴったりだ」

ム……。

俺は思わず横を睨む。

「見なくていいってば」

窓を見上げて立木さんが言い返している。

そうだ、見なくていい。どっか行け。

「でも、ホントに友達なんだね～。スモモちゃん、高梨くんと仲よさそう」

その様子を見て、誰かが言った。

「違う違う。あの子たちが大勢でカラオケ行くときに誘われるぐらい。ユメちゃんのおまけ的ポジションなんだよね、わたしって」

立木さんは案外ケロッとして言う。

高梨ってヤツに、本当にもう気持ちはないんだろうか？

バレンタインっていうと、たしかに九ヶ月も前の話にはなるけど……。

みんなには悪いが、練習中も、校舎の窓辺の高梨ってヤツがやたらと気になった。

練習が済んでみんなで校舎に戻ると、廊下ではまだ夢崎さんたちが三人でしゃべっていた。

「おかえり～」

立木さんを見て、声をそろえる。

「ちゃんと、頑張ってんだな、スモモ」

坂田にそう言われて、立木さんは照れくさそうに笑った。

「〝お荷物〟だからね、頑張らなくっちゃ！　D組には負けないよ」

なんて言ってる。

そうして、彼女は「じゃあね～」ってあっさりと教室に入っていった。

「じゃあ、俺らも行くわ」

「うん」

夢崎さんも坂田と別れて、それに続く。

坂田にうながされてるのに黙って突っ立っている高梨は、二Aの教室の中を、まだ眺めていた。

「なぁ涼、スモモってあんなに可愛かったっけ？」

は？

信じられない声に、二度見する。

「お前なー、フッたんじゃねーのかよ、スモモのこと」と、坂田。

「うん、まぁ。けど、赤い顔して走ってて……可愛いーなぁとか、今思った」

えっ？　はっ？　今？

お、思いつきでそういうこと言うなよ。

「スモモって、ただのフワフワした天然少女かと思ってたけど」

「あー、案外しっかりしたとこもあるかもな」

「頑張ってるし」

「おい俊介、スモモは彼女の親友だからな。軽いノリで手ぇ出すなよ」

「はいよー」

……。

なんて返事したわりに、高梨は二Aの教室をまだ真顔で見つめていた。

コイツ、ひょうひょうとしてるけど、本気なのか？

立木さんのことフッたんだったら、今さら興味持つなよな。

「じゃあ、軽くないパターンでいくわ」

そのとき、宣言するみたいに高梨が言った。

お、おい、それどーゆー意味だ？

思わず、マトモに顔を見て、バチッと高梨と目が合う。

茶色っぽく澄んだ目が「ん？」って表情になった。

とはいえ、知らない仲だし、どちらともなく視線を逸らして、俺は教室に入る。

「おい、今、俺プリンスと目が合ったぞ」

背後でヤツが坂田にささやくのが聞こえてきた。

「アイツだろ？〝一〇〇mの王子〟って？」

「ああ、加島な」

「すっげー。なんか、いいことあるかも」

「へーん。俺、アイツと知り合いだぞ。去年、同じ組だったし」

「プ。それ覚えてんの、お前だけじゃね？　シカトされてるし」

「るせっ」

声が遠ざかっていく。

ヤバいな……。

窓際の自分の席につき、カーテンが風に揺れるのを眺めながら、実はかなり動揺していた。

アイツが立木さんのことを『スモモ』と呼ぶ声が、耳に残って離れなかった。

立木さんがアイツと言葉を交わしている姿も、まぶたに残っている。

俺……あの子のことを好きなのか？

いや、ずっと前から気にはなっていたけど、そーじゃなくて、もっと……。なんつーか、もっと……。

ゴツン、と机に頭ごと突っ伏した。

もっと……苦しいやつ、だ。

フー……と、ため息がもれる。

立木さんは、あーゆーのがタイプなんだ……。

それが過去のことだったにせよ……。

アイツに憧れて、アイツのことを好きになって、アイツに告って……アイツの彼女になりたかったんだ。

あの子に、そんな相手がいるなんてこと……考えてみれば、当たり前のことだった。

しかも、相手はバンドをやっているイケメンだとか。

俺とは全然違ってる……。

以前の俺なら、『そんなもんだ』と諦めて、甘酸っぱい気持ちにピリオドを打つか、もしくは相変わらず遠くから見ているだけで満足していたのかもしれない。

ヤベ……。

自分の気持ちがもうそーゆー次元じゃなくなってることに、俺は気づいてしまった。

高梨がマジになったら、立木さんはきっと……。

想像しただけで胸がざわついた。

彼女が他の男に笑いかける。

大きな手が、その白い手を包み込み、肩を抱かれ、そうして彼女は大きな瞳でソイツを見上げる……。

そんな光景がリアルに目に浮かんだ。

リレーの練習で立木さんとの距離が縮まったような気がして、テンションが上がってた自分がイヤんなる。

あの子の笑顔も、涙も……。全部、自分のものにしたかった。

誰にも触れられたくない。

初めてだ。

こんな気持ち……。

俺……あの子が好きだ。


翌朝が最後の朝練だった。

あとは昼休みにちょこっと合わせて、明日の体育祭本番に臨む。

今日の放課後は部活も休みで、体育委員や陸上部の連中で明日の準備をする予定だ。

「おはよう」

朝のさわやかな空気の中、あの子の声だけが耳に届く。

「明日かぁ、緊張してきたね」

みんなと談笑する声、笑顔。

体育祭が終わったら、俺たちはもとの関係に戻る。

いや、関係なんて、もともとない。

立木さんを泣かせてしまったことも、俺のために泣いてくれたことも、全部、なかったことになってしまうんだろうか……？

早く明日になってみんなで走ってみたいというワクワクする気持ちと、明日なんか一生来なければいいと願う気持ちとが、バカみたいに混在していた。

本番を明日に控えて、今朝はどこのクラスもリレーの練習をしているようで、グラウンドが混み合っている。

うちの体育祭では派手な応援合戦がない分、ラストのクラス対抗リレーがメインイベントなんだろうな。

他の組のヤツらも、みんな気合いが入っている。

それでも場所を確保して、俺ら二Aも短めの距離でバトンパスの練習をしていた。

立木さんが俺に向かって走ってくる。

まっすぐに俺を見る、真剣な顔。

一生懸命なのが痛いくらいにわかる。

俺は緩やかにスタートを切り、彼女がバトンを差しだそうとしたとき。

「あぶねーぞっ！」

遠くで叫び声がした。

声がしたほうに目を向けると、特大のホームランだったのか、野球部のほうから白いボールが飛んでくるのが見えた。

それは、このままだと走ってくる立木さんを直撃しそうな勢いで……。

ヤバッ！

あとはもう、体が勝手に動いていた。

彼女に飛びかかるようにして、ふたり一緒に地面に倒れ込む。

ガツン、と頭に衝撃が走り……。

あ……れ？

目の前が……まっ暗。


「イッテ」

目が覚めたら保健室のベッドの上だった。

体を起こすと、頭がズキンとする。

「あ、気がついた？　あなた、地面に頭を強打して脳しんとうを起こしたのよ」

すぐにベッド脇のついたての向こうから保健室の女の先生がやってきて、そう教えてくれた。

ああ……。

「あの子は？」

「女子をかばったんだよね？　その子なら、かすり傷ひとつなかったから」

先生がにっこりと微笑んだ。

そっか、よかった……。

それにしても気絶するとか、相当かっこ悪りーな、俺。

ぼんやりした頭がそこに思い至って、ヘコんだ。

「どうも」

ベッドからおりて教室に戻ろうとすると、

「あー、ダメダメ！」

と先生に引き止められた。

「頭打ってるからね。今から病院へ行って、検査してもらうわよ」

「えっ、もう大丈夫っすよ」

「ダーメ、頭は怖いから。念のため、レントゲン撮ってもらおう。明日、走るんでしょ？」

「……走りますけど」

「検査しないと、明日の体育祭の参加は認められません」

「は？」

露骨にイヤな顔をしたのがわかったらしい。

先生は諭すように続けた。

「べつに、あなたが有名選手だから言ってるんじゃないよ。頭を強く打った場合はどの子にでも、そうしてるの。平気だと甘く見てると、実はじわじわと内出血が進んでいて、夜寝ているうちに死んじゃうなんてこともあるんだからね」

……どうやら脅されているらしい。

しぶしぶ了承して、そのまま先生の車で近くの市民病院まで検査に行った。

病院はやたらと混んでいて、ひととおりの検査が済み、その結果を聞いて学校に戻る頃には、午前中の授業はおろか、もう昼休みも終わり間際になっていた。


教室には寄らずに、そのまま校舎の裏側へ回る。

中庭ではリレーチームの最後の合同練習が、ちょうど終わったところだった。

「加島っ」

教室へ引きあげようとしていたみんなに、いきなり囲まれ、質問攻めに遭う。

「病院に搬送されたんだろっ？　大丈夫なのかっ？」

鈴木が俺に詰めよるようにして、大声を上げた。

「いや、搬送じゃなくて……」

「明日、走れんのかよ？」

ああ、そこね。

「走れる、走れる。全然、問題ない。念のため検査に行っただけだから」

「医者がそう言ったんだな？」

案外マジに心配してくれている。

鈴木もそうだけど、他のみんなもスゲー気にしてくれていて、今までそういうのとは無縁だったから、なんだか少し照れくさかった。

あれ？　立木さんは？

見ると輪の外で、ぽつんと立っている。

「じゃあ、明日はよろしく！」

なるべく元気な声で締めると、俺は立木さんのもとへと歩いていった。

「ごめんなさい。わたしのせいで」

先にそう言った彼女は、青白い顔をしてスッと目を伏せた。

あれ？　気にしてるのかな？

「べつに、立木さんのせいじゃないよ。そっちだって被害者なんだし」

そう言ったけど、彼女はブンブンと首を横に振る。

「加島くんにかばってもらうくらいなら、わたしがボールに当たればよかった」

なんて言う。

「バカだな、なに言ってんだよ」

そう言ったら彼女はやっと顔を上げて、俺の目の中を覗き込んだ。

「痛い？」

案の定、泣きだしそうな顔をしている。

だけどいつものそういう顔よりも、もっと表情が硬くて、声がかすれていた。

「や、全然」

バカ、もっとなんか言え、俺。

キミが無事ならそれでいい、とかそーゆーやつ。

「頭を打ったヤツは、念のため病院に行くのが決まりなんだって。保健室の先生が言ってた」

「そう……」

「なんともないから」

「うん」

そんなことしか言えない俺に小さくうなずいた立木さんは、きっと笑いかけてくれたんだと思うけど、それは全然笑顔には見えなくて……。

もう一度、「ゴメンね」と呟き、青ざめた顔のまま俺の横をすり抜けていった。

目の前で気を失ったりして、ずいぶん怖い思いをさせてしまったんだろうか……？

ふと見上げると、廊下の窓に、去っていく彼女の姿を目で追う高梨が見えた。

クソ、また見てやがる。

だけど今日は坂田も夢崎さんもいなくて、アイツひとりで立木さんが走るのを見ていたようだ。

やっぱ本気で、立木さんのことを好きになったのか？

ずっと見ていて、なにを思った？

元気のないあの子に、アイツならなんて言葉をかける？

――キーンコーンカーンコーン……。

そんな俺の思考を中断させるように、昼休みの終わりを告げるチャイムが鳴った。

放課後。

俺はグラウンドに出て、他のヤツらと一緒に、明日の体育祭の準備に取りかかっていた。

進行表にずらっと書かれた必要な用具を、体育倉庫から取りだして、チェックしていく。

「加島」

呼ばれた声に振り返ると、本荘が立っていた。

「ちょっといい？」

なにか話があるようなので、とりあえず倉庫の脇へ行って、ふたりで向かい合う。

制服姿の本荘は肩からスポーツバッグを下げていて、このまま帰るところらしい。

「スモモのことが気になったからさ」

先に、本荘が切りだした。

「あの子、元気なかったでしょ？」

「ああ」

気になっていたけれど、結局しゃべる機会もなく放課後になってしまった。

「アンタが倒れちゃったから、鈴木にこっぴどくやられたんだよね」

え？

「お前のせいだとか、だからイヤなんだとか、足手まといだとか、さんざん罵られたんだ。途中で止めに入ったけど」

あのヤロー……！

「スモモ、かなり、こたえてるみたい。傷ついた顔してたから」

だから、様子がおかしかったんだ。

あのゴリラ、なんで立木さんばっか目の敵にするんだ。しかも今日のは、あの子のせいじゃ全然ないのに。

いや、バカなのは、俺だ。

なんでもっと、ちゃんと話さなかったんだよ。わかってただろ、いつもと違うって。

「リレー、負けちゃうよ？」

本荘が笑って俺を見た。

「え？」

「スモモの明るさと頑張りに引っぱられてきたんだからね、ウチらのチームは」

「ああ」

「初めは、わからなかったんだ。加島がなんで、最後のひと枠にスモモを選んだのか。夢崎さんでもよかったわけでしょ？　でも今は、あの子抜きでは考えられない感じになってるよね。こうなるのがわかってて選んだの？」

なんて本荘は聞いた。

そう……かもしれない。

「強いね、あの子」

俺が答えるよりも先に呟く。

「案外、ウチらより度胸があるかも。鈴木の前で走って見せたとき、そう思ったよ」

「な。すぐ泣いちゃうくせに、ときどきスゲー根性が据わっててビックリするんだ」

「うんうん」

ふたりして顔を見合わせて笑った。

「好きだな、スモモ。可愛いし……！　実はさ、体育祭が終わったら告ろうかと思ってるんだ」

なんて本荘が言った。

「えっ？」

「あの子、わたしの彼女にするよ」

ギョッとして思わず見つめると、本荘は目を逸らさずに見返してくる。

あ……。

コイツ、そう……なのか!?　たしかに女子にモテるタイプだ。

ヤバい。高梨よりも手ごわいかもしれない。

固まっていると、本荘がはじけるように笑いだした。

「あっはっはっは、ウソだよ。加島おもしれ～」

は、ウソ？

「アンタってポーカーフェィスで、なに考えてんだかわかんないヤツだと思ってたけど、わかりやっすぅー！」

と爆笑される……。

「なにが？」

「今、すっごい顔したよ？　わたし、一応多数派だから安心して。スモモを奪ったりしないし」

と、まだ、笑っている。

ム……。

しかも、バレてる。

「ボールをよけようとして地面に倒れ込んだときさぁ、アンタ、スモモをかばって、自分が下敷きになって頭を打ったんだよ。……でね、加島ってば、スモモのことをギューッと抱きしめたまま気を失っていて、引きはがすの大変だったんだから」

え？

「……マジか」

カァッと顔が熱くなる。

「フフ、寝たフリかと思ったし」

くっそ、不覚だ。全然覚えてねー。

抱きしめたんなら、せめて覚えておきたかった。

「とにかく明日はもう本番なんだよ？　どーすんの、加島。なんとかしてくれんの、くれないの？」

「え、俺？」

「他に誰がいんだよ。あの子をリレーに引っぱり込んで、ずーっと一緒に練習してきたのは、アンタでしょ？　電話して、なんか言ってやんなよ。こんなんじゃ、かわいそうだ」

電話……？

思いつきもしなかった。

「えっと、……なんて言う？」

バカ正直に聞き返してしまう。

「バーカ、そんなの、自分で考えろ」

「苦手なんだ、俺。うまく言えねーし。伝わんないんだ、いつも」

逆に、泣かせちまうし……。

「あのさ加島、伝えられるかどうかって『能力』じゃなくて『覚悟』だから。言葉なんて、どーだっていい。しっかり励ましてあげなよ。それだけ」

「お……う」

スゲーな。

さすが団体競技の次期キャプテンだ。

「じゃ、頼んだよ」

今度はさわやかな笑顔を残して、本荘は去っていく。

……コイツがライバルじゃなくて、マジ助かった。

あっ！

「ほ、本荘！　俺、あの子の電話番号知らねー」

「はぁっ？」

大声で呼び止めると、本荘はあきれたような声を発して戻ってきてくれた。

「まったくもう……。世話が焼ける」

ブツクサ文句を言いながらポケットからスマホを取りだすと、本荘は指先で画面をスクロールさせていく。

「ちょっと待て」

グラウンドの隅に置いた自分のバッグに駆けより、中からスマホを取りだしてダッシュで戻った。

「すごいな、本荘。もう立木さんの番号知ってんだ？」

登録した画面を確認しながら感心して呟くと、本荘は心底あきれたように言った。

「つーか二週間もふたりきりで練習しといて、まだ交換してないほうがビックリだよ。口実なら、いくらでもあんだろーが」

「はぁ」

「どーせアンタ体育祭が終わっちゃったら聞けないんだろ？　だったら、いつつながるの？　今でしょ」

まったくだ……。

けど、だいたい俺のスマホの利用法なんて、陸上部の連絡用ツールか、ゲームってとこだ。

あとは、動画で有名選手のフォームを見るとか？

立木さんの電話番号やＩＤをゲットしたところで、活用できるとはとても思えなかったんだ。

電話苦手だし、メールだって、なに書いたらいいのかわかんねーもん。

だけど……。

うつむいた立木さんの横顔が目に浮かんだ。

今にも泣きだしそうだったんだ……。

それを一生懸命ガマンしてたのかと思うと、いじらしくて胸が詰まる。

苦手だとか言ってる場合じゃないよな。

家に帰ったら電話してみよう。

必要なのは『能力』じゃなく『覚悟』。

毎朝、一生懸命頑張ってきた立木さんに、晴れやかな気持ちで明日を迎えさせてやりたい。

それだけだ。

「加島、いい体育祭にしような」

そんな俺を見て、本荘が笑った。

ひたむきさも笑顔も、その挫折さえも、
あんまりまぶしくて……
自分だけが、なにもない、ちっぽけな人間に思える
別世界

体育祭前日。

終礼が終わってユメちゃんと一緒に教室を出ると、廊下で坂田くんと高梨くんが待ち構えていた。

「バンドのみんなでカラオケ行くけど、来る？」

坂田くんがユメちゃんに聞いている。

「うん！　スモモも行くよね？」

「え、わたしはいい」

思わず、そう答えていた。

「そっか、明日本番だもん、そんな気分じゃないか」

「うん。へへ、緊張してるし、楽しめないかも。ユメちゃんは行ってきて～」

「ゴメンね」

坂田くんたちにときどき誘われるカラオケは、メチャクチャにぎやかだ。

バンドのメンバーは五人なんだけど、それぞれが別の子を誘ったりして、行ってみると、すごい人数になっていたりする。

それもお祭り人間ばっかりなのか、バカみたいに盛り上がって、わたしなんか、いつも笑いっぱなし。

歌う順番なんて絶対に回ってこないけどね。

坂田くんがユメちゃんと一緒にいたいから、わたしもついでに誘われるわけだけど、今日はパス。

とても、そんな気にはなれない。

リレーの本番を明日に控えて、たかぶる気持ちを静かに集中させたいっていうのもある。

だけど、ホントの気持ちはもっと逆方向へと向かっていた。

もう、やだ……。

駅前のカラオケ店に向かうユメちゃんたちと一緒に帰ることになって、靴を履きかえる。

いい曲ができたとかで今日はハイテンションな坂田くんが、ゲタ箱までついてきて、さっきからユメちゃんの横で、ずうっとしゃべり続けている。

そんな彼氏が可愛いのか、ユメちゃんはクスクス笑いながら話を聞いていた。

ラブラブなふたりのジャマにならないように、わたしは一歩遅れて歩きだした。

校舎を出て門に向かうと、右側にグラウンドが広がっている。

体育の先生と、生徒が何人か、グラウンドの白線を上書きしていくのが見えた。

加島くん？

……じゃないか。

グラウンドで準備を進める人たちを目で追い、加島くんかどうか、無意識のうちに判別している。

今日は体育祭の準備があるから、陸上部の練習はお休み。

体育委員の彼は、終礼が終わるとすぐに他のクラスの委員が迎えにきて、一緒にどこかへ行ってしまった。

教室を出ていくとき、加島くんが不意にこっちを見たので、とっさに体ごと反対側に向けてしまったことを思い出した。

なにやってんだろ、わたし……。

自己嫌悪で加島くんとは目も合わせられないくらいなのに、遠くからだと、こんなふうに彼の姿だけを探してしまう。

迷惑ばっかりかけてるくせに……。

いつもいつも、いっぱいかばってもらって、ケガまでさせちゃって……。

ずっとこらえていた涙がまた目の中にあふれてきて、グッと歯を食いしばった。

今日は一日中、こんな気持ちの繰り返し。

ぼんやりと歩きながら、今朝の……朝練での出来事を思い出していた。

加島くんにバトンを差しだそうと手を伸ばした瞬間、『あぶねーぞ!』って声が飛んできたんだった。

わたしが追いかけるはずの加島くんが、逆にこっちに向かって駆けてきて……あとは、よく覚えていない。

彼に突き飛ばされるように、でもグルッと体が反転して、気がついたら仰向けに倒れている加島くんの腕の中にいた。

ギュッと、抱きしめられるようにして。

今、思い出したってドキドキする。

だって、加島くんの体とわたしの体が、ピタッと密着していたんだもん。

心臓が飛びだしちゃうんじゃないかってほどにドキドキしだして……だけど、ジタバタしても全然動けなかった。

彼の一方の腕はわたしの背中に回され、もう片方はわたしの頭ごと、すっぽりと自分の胸にかかえ込んでいた。

『か、加島くん？』

腕の中から呼んでみたけど、返事はなくて……。

息をするたびに上下する厚い胸板に、ほっぺをくっつけて、抱きしめられていた。

加島くんの温かな体温が、額にかかる吐息が、リアルによみがえって、体が熱くなってくる。

フゥ……。

『加島っ、どーした？』

『お、おい、しっかりしろっ』

それから、みんながあわてて駆けよってきたんだ。

加島くんの頬をペチペチ叩いたり揺すったりしているのがわかっても、なにもできなくて……。

『ダメだ。気を失ってるぞ』

『脳しんとうじゃない？』

『動かすな、保健の先生呼びにいけ』

緊迫した声が飛び交い、それから、みんなは彼の上に乗っかっちゃってるわたしを、
引きはがそうとしてくれたんだ。

だけど硬く巻きついた加島くんの腕は、簡単にはほどけなくて……。

『すげー力だな、コイツ、ホントに気を失ってんのか？』

『まさか寝たフリ？』

『いや、むしろ死後硬直じゃね？』

『バカ』

結局ゴリ先輩が力ずくで、わたしを加島くんの腕の中から引っぱりだしてくれた。

『なにやってんだ、お前！　加島になんかあったら、お前のせいだからな！』

加島くんから引きはがしたわたしをグラウンドへ投げ捨てるようにして、ゴリ先輩が怒鳴り声を上げた。

『コイツが誰だかわかってんのか？　加島晴人だぞ。日本の宝、いや世界の宝だ。走れなくなったら、どーすんだよっ』

『あれ？　鈴木、いつからそんな加島ファンになってんの？　だいたい脳しんとうぐらいで走れなくなるわけねーから』

他の男子がそう言ってくれたけど、ゴリ先輩は続けた。

『足ひねったかもしれないし、腰だって地面に叩きつけられてんだ。ちょっと痛めただけでも取り返しがつかねーんだぞ。コイツはコンマ〇一秒の世界で生きてんだからなっ』

そう睨みつけたゴリ先輩の顔よりも怒鳴り声よりも、言われた言葉に心が震えた。

どうしよう……。

加島くんがケガしてたらどうしよう……って。

加島くんはまるでスヤスヤと眠っているような顔をしていて、その顔を見たら涙がこぼれた。

彼がずっとひとりで戦っていることを、わたしは知ってるのに。

体育祭が終わっても、大事な試合が控えてることだって知ってるのに。

『加島くん、大丈夫？　ね、どこか痛い？』

泣きながら、倒れた体にしがみついたら、またゴリ先輩に怒鳴られた。

『泣いたって、なーんも変わらねーぞ。だからイヤなんだ。どこまで迷惑かける気だ。足手まといなんだよ、マジで』

……そのとおりだと思った。

『やめなよ。スモモは、なにもしてないだろ？　ただの事故だよ、この子のせいじゃない。だいたいこんな青い顔して気にしているヤツに、よーくそんな言葉をかけられるな。アンタ、それでも人間？』

本荘さんが飛んできて、わたしをかばってくれた。いつもそう。口は乱暴だけど、ホントに気づかってくれる。

本荘さんからそう言われたゴリ先輩はムッとしたように口を閉ざし、わたしの顔から視線を逸らした。

そうして、加島くんは保健室に運ばれて、そのあと彼が病院へ向かったことを知らされた。

そのまま加島くんは、なかなか戻ってこなくて……。

昼休み、わたしたちの最後の練習は、気まずく沈んだ雰囲気の中で行われたんだ。

加島くんがケガを負ったかもしれないことや、明日のリレーを欠場するかもしれないことが、みんなの口数を少なくさせていた。

だけど、練習が終わる頃、加島くんはやっと戻ってきて、何事もなかったような顔をして、みんなに囲まれていたんだ。

『なんともないから』って言ってくれたんだ……。

「なんかあったの？」

そんなことを思い出しながら歩いていたら、不意に、ま横で声がした。

「へ？」

長身の高梨くんが、不思議そうにわたしの顔を覗いている。

「あれ？　高梨くん」

「あれ、じゃないよ。さっきから、ずっと、隣歩いてんだけど」

そっか、高梨くんもカラオケ行くんだった。

前を歩くユメちゃんと坂田くんは、まだ楽しそうにふたりの世界を満喫中。

わたし、めちゃめちゃひとりの世界に入っちゃってた……。

「なんで元気ないの？」

高梨くんにもう一度、そう聞かれた。

「え、元気だよ……？」

じぃっと、顔を見られる。

「でも昨日は、そんな顔してなかっただろ？　昼休みには他のヤツらもみんな暗かったし」

「ああ、あれは加島くんがケガしたと思って、みんなで落ち込んでたから。てか高梨くん、なんで、そんなこと知ってるの？」

そう見上げると、彼はニンマリと微笑んだ。

「スモモのこと、見てたから」

「……ヒマなの？」

キョトンと聞くと、ハハッと笑う。

「まぁね～。けど、アイツ大丈夫だったんだろ？」

「うん」

「だったらなんで、まだ元気ないのさ」

高梨くんが聞いた。

「元気なくないよ」

「ないよ」

「元気……だし……」

そう言ってるうちに、返事が生返事になる。

というのも、グラウンドの隅に加島くんの姿を発見したから。

校門にさしかかる少し手前に、体育倉庫があり、その脇で加島くんが本荘さんと話していた。

向かい合って立つふたりの横顔がよく見える。

あ……。

加島くん、笑ってる。

本荘さんとなにかしゃべりながら、加島くんは照れくさそうに、でもなんだか、うれしそうに笑っていた。

なんの話をしているんだろう……？

他の女子と、あんなに親しそうに話す彼を見るのは初めて。ううん、照れくさそうなその笑顔自体が、初めてだった。

あんな顔して笑いかけられたことないもん、わたし。

本荘さんには、そんな顔するんだね？

気持ちが折れてねじ曲がる。

「へぇー、あのふたり、デキてるんだ？」

隣で高梨くんが間延びした声を出した。

「えっ、そうなの？」

思わず、横を見上げる。

「じゃねーの？　いい雰囲気じゃん。プリンス告られてるな、あれは」

そのとき、グラウンドに背を向けてこっちへ歩きだしていた本荘さんを、加島くんが呼び止めた。

なにを言ったのかはわからなかったけど、彼のほうから声をかけたっていうことはわかったよ。

呼ばれた本荘さんが加島くんのもとへ駆け戻る。

加島くんはあわてて自分のスマホを取りにいき……。

「ほーほー、アドレス交換ね」

高梨くんがふざけたように解説をする。

ふたりでスマホを操作したあと、加島くんは画面に残された、たぶん本荘さんの番号を、じっと見つめている。

なんでそんなに、大切そうに……見ているの？

「見ちゃったな、芸能スクープ的瞬間」

校門を出てから、高梨くんがいたずらっ子みたいに、こっちを向いた。

「ホントだね」

われながら、うわべだけの言葉……。

「プリンス、あー見えて、やることはやってんだなぁ。すげーストイックに見えるけど、やっぱ恋とかするんだ」

「そ……だね」

加島くんに笑いかけられた本荘さんは、まっすぐにさわやかな笑顔を返していた。

そんなふたりの笑顔がまぶしすぎて、思わず目を背けて歩調を速めている。

下を向いて、逃げるように。

「あーゆーのがタイプなのか、プリンスは。本荘ってボーイッシュっていうか、男みたいだけどなぁ」

意外そうな高梨くんの声。

「お、お似合いだもん！」

その声に反応して、なぜか大声を出してしまった。

「本荘さんはいつも明るくて、誰にでも分け隔てなく優しくて……すごく素敵な人だもん」

わたしは唇を噛む。

スポーツもできて、さわやかで、しっかりしていて、加島くんがスランプになったって、ちゃんとアドバイスしてあげられる。

足手まといになんか、ならない人だもん。

わたしとは、全然違う人だもん。

加島くんは……そんな本荘さんを好きになったんだよね？

わたしとは真逆な人を……。

わかるよ、わたし。

わたしも、本荘さんが好きだから。

なのに、なんで、こんな気持ちになるの……？

「いや、べつに本荘の悪口言ったわけじゃないから」

ポリッと高梨くんが鼻の頭をかいた。

「あ、へへ、こっちこそ、なに力説しちゃってんだか」

急に恥ずかしくなって、また下を向く。

「お前、大丈夫か？」

「え？」

「明日のリレーのことで、いっぱいいっぱいだとか？」

「う……ん。そうみたい。わたし足手まといだからね」

なんて言ってごまかす。

リレーでいっぱいいっぱいなのも、足手まといなのも、それでヘコんでいて、もう逃げだしたいくらいなのも、ウソではないんだけど……。

でも今、頭の中を占めているのは、さっきの加島くんと本荘さんのこと。

あれは高梨くんの言うとおり、ホントに告白のシーンだったのかな？

どっちにしても電話番号の交換をしていたのはたしかだよね……。

二週間も一緒にいたのに、わたしのアドレスや電話番号なんて加島くんは聞きもしなかった……。

そんないろんなことがグルグルとうずを巻いていた。

グルグル、グルグル……。

なんなんだろう、このどす黒い気持ちは？

迷子になっちゃったみたいな気持ちは？

胸が締めつけられるような気持ちは？

だけど、やっぱり……加島くんのあんな顔は、見たくなかったよ。

本荘さんに見せた、照れくさそうな笑顔。

あんまり笑わない彼からこぼれた、優しい表情。

それは、わたしに向けられたものではなくて。

い、いいなぁ、本荘さん……。

心の中でそう呟いたら、涙がぽろっとこぼれ落ちた。

「スモモさー、頑張ってると思うぜ」

そのとき、妙にのん気な声が耳に届いて、見上げると高梨くんが空を仰いで、まぶしそうに目を細めていた。

急いで涙を拭く。

「まっ赤な顔して一生懸命走ってて、可愛いかったけどなぁ」

「え？　わたし？」

「うん。しかも結構、速かった」

「ウソばっかし」

ボソッと言うと、高梨くんはハハハッて笑う。

「ウソじゃないって」

「そりゃ前よりはね、速くなったと自分でも思ってるんだよ。でも、それでも……やっぱ足手まといなんだ。みんなすごーく速いから」

言ってて自分でも悲しくなる。

頑張ったけど、やっぱり無理かもしれない。

「運動部のヤツらだろ？　アイツらは毎日鍛えてんだし、速くて当たり前なの」

いつの間にか金網のフェンスはもうなくて、通学路は学校から離れて、のどかな住宅街を駅へと続いていく。

「速いだけじゃなくて……強い、よね」

ポツンと、そんな言葉が出た。

「ん？」と高梨くん。

「スポーツやってる人って、ここ一番って場面を、きっと何度も経験してるんだよ。打ち勝ったり負けちゃったり、成功も失敗もきっと何度も……。わたしはそーゆー経験値ゼロだからさ、体育祭のリレーだけで、こんなにいっぱいいっぱいになっちゃうんだ」

情けないな。

競技は違ってもスポーツをやってる者同士は、きっと、お互いの苦労や努力をわかりあえるんだろうな。

なんてゆーか、持っている空気が同じだもん。話だって合うみたいだし。

リレーの練習の合間にも、運動部のみんなはいろんな話で盛り上がっていた。

どこの整体師はゴッドハンドだ、とか誰かが言いだすと、『どこどこ？』ってみんなで食いついて。

それは加島くんも同じで……。

で、『みんな、体ボロボロじゃ～ん』なんて笑い合ってたっけ。

わたしには入れない世界。

実際、加島くんは、本荘さんや松山さんのことは〝本荘〟とか〝松山〟って呼び捨てにするのに、わたしやユメちゃんには『さん』をつけて呼ぶ。

この違いは、なんなんだろう？

距離を、感じてしまう……。

「部活頑張ってる子たちと接していると、自分ってホントに、なにもないんだな、とか考えちゃう」

ため息交じりにそう言うと、高梨くんがこっちを向いた。

「そーかぁ？」

「うん。みんなキラキラ輝いて見えるもん」

「それ、錯覚。ヤツらは脳みそまで筋肉でできてんだから、毒されんなよ」

「ふふっ」

高梨くんの言葉に思わず笑ってしまう。

そのとき、うしろから自転車が来た。

よけようとして、高梨くんがわたしの手を取り、グイッと引っぱってくれる。

「あぶねーなぁ」

去っていく自転車を睨みながら、彼は呟く。

すぐに離れた高梨くんの手は大きくて、指先が硬くて、ちょっと痛かった。

「指、ギターで？」

ギターをやっている人の指って、皮が何度もむけてタコができるって聞いたことがある。

「ああ、ガチガチだろ?」

高梨くんはその手を無造作に制服のズボンのポッケに突っ込んだ。

「スポーツだけじゃないか」

高梨くんたちのバンド、〝ドリアンチョッパー〟のミニライブを初めて見たときのことを思い出した。

去年のクリスマスだっけ。

クラスの子に誘われて行った、小さな小さなライブハウス。

坂田くんも高梨くんも、正直そんなにうまいわけじゃなかったけど、すごく一生懸命でキラキラと輝いて見えた。

ユメちゃんもわたしも大興奮したっけなぁ。

「みんな、すごーく練習したんだね」

「え?」

「五月の学祭でのライブ、ビックリするほど、うまくなってたよ?」

「あー、バンド?」

うんうん、とうなずく。

「今まではハートで引っぱってる感じだったけど、学祭のときは、プラス演奏がすっごくよくて、思わず引き込まれちゃったなぁ……。とくに高梨くんのギターはヤバかった。そうやって、なにかに一生懸命になって努力してる姿こそが、輝いて見えるんだ……」

なーんて思った。

スポーツだけじゃないよね。

「は？」

高梨くんは、怪訝な声を漏らす。

「結局なにも頑張ってなくて、なにも持ってないのは、わたしだけだよ。自分ではなんにもしないで、人が輝いてるのを見て、うらやましがって憧《あこが》れてるだけ」

こんなんだから、加島くんに相手にされないんだ……。

「努力とか、ゆーなって」

「へ？」

「……かっこ悪りーじゃん」

なんて、高梨くんがモソモソ言うから、おかしかった。

「でも、ギターがうまくなったのも指が硬くなったのも、マジメに努力して、たくさんたくさん練習したからでしょ？」

「ちげーし。ギターが好きだから四六時中いじってただーけ」

なんかダッセーなぁ俺、って、ムスッと答える高梨くん。

『努力』がNGワードだなんて、ヘンなの。プフ。

「そんなに打ちこめるものがあるなんて、うらやましくて言ってるんだよ?」

わたしには、なにもない。

ただの劣等感のかたまり。

「そーでもないって、スモモ」

高梨くんは意外なことを言った。

「手ぶらでいるのも悪くないぞ。自由だし、いつでも身軽にどこへでも行ける」

「はぁ……」

「たとえば俺は、もうギターにハマッちゃってるから、今なんかおもしろそうなことを見つけても、ギターを手にしたままじゃ、なにも持てないわけよ」

「う……ん」

……?

「ギターを取るか、そっちを取るか決めなきゃなんなくなる。で、ギターをやめる気はないから、結局、他のことには手を出せないのが現状」

ふーむ。

「同時進行で、なんでもこなすヤツらも世の中にはいるけどさ、俺、そんな器用じゃないし」

ふむふむ。

「運動部だって同じだろ？　いったん部活に入ったら、それ中心の生活になるじゃん。他のなにかに打ちこもうにも、難しそうだし。……俺だって、どっかの部活で頑張ってたりしたら、こんなふうにギターにのめり込む時間はなかったわけで、たぶんバンドもやってない。偶然の巡り合わせってやつだ。だから、手ぶらでいるのも悪くないって話」

なんとなく、わかるような気もした。

それに、高梨くんが一生懸命、励ましてくれているのがわかって、うれしくなる。

「そう……かな？」

「そうそう。焦るなスモモ、可能性は無限だ」

そう言って、高梨くんは笑った。

「案外いい人なんだね」

ユメちゃんと坂田くんが付き合うようになってから、高梨くんとも少しはしゃべるようになったけど、こんなに深い話をするのは初めてだった。

前好きになったときは、そういうところを見て、いいなって思ったわけじゃなかったしな。

「俺？」

「うん」

「案外ってなぁ」

ガクッとずっこける高梨くん。

「だって、チョコをあげたとき即答で断られたから、もっと冷たい人なんだと思ってたもん」

なんて、思わず言っちゃった。

「ああ……。よく知らないのに付き合ったりすると、どーせ幻滅されるからさ、俺」

長い指先が鼻の頭をかく。

「あんまり知らない子から言われたら、とりあえず、その場で断ることにしてんだ」

「おー、モテ男だ……」

軽くからかいつつ、自己反省。

わたしもよく知らずに告白しちゃったうちの、ひとりだからね。

「じゃなくて、その気になって付き合ったって幻滅されてフラれるし。しかも、フラれる頃にはこっちが夢中になっちゃっててダメージ、デカくてさ……。だからまぁ、自衛策」

高梨くんはそう言って、ちょっとだけ笑った。

それから、その目がわたしのほうを向く。

「スモモは、もう知らない子じゃないから……」

「ん。友達だもんね！」

「え」

なぜか言葉に詰まった高梨くんは、そのまま数歩歩いてから言葉を発した。

「そうじゃなくて、もう即答で断ったりはしないって意味」

「あ、そーゆーシステム？」

「は？」

「友チョコなら気軽に幅広く受けつけちゃう感じなんだ？」

なるほどねー。

「……」

またまた無言で数歩歩いてから高梨くんは言った。

「スモモって、天然だよな？」

「え、ときどき言われるけど」

「ビックリした。俺イジメられてんのかと思った」

「へ？　わたしに？」

「うん。お前に」

高梨くんはマジな顔をして、こっちを見ている。

「あのなスモモ、友チョコじゃなくて、俺がお前からほしいのは……」

「どーする、スモモ。やっぱ帰んの？」

そのとき突然、目の前で坂田くんの大きな声がした。

「わっ」

驚く高梨くん。

気がつけば、そこはもう駅。

カラオケ店は、このまま踏切を渡ってすぐのところだった。

「あ、うん。帰る」

それから、なにか言いかけていた高梨くんを仰ぎ見た。

「えっと、なんだっけ？」

「あ、いや……また今度、な。明日頑張れよ。応援してやっからさ」

「うん！」

「あれ？　俊介、体育祭サボるんじゃねーの？　さんざん、くそダリィとか言ってなかったっけ？」

横から坂田くんが言う。

「うっせーな。頑張ってるみたいだし、スモモが走んの見てから帰るんだよ」

高梨くんがむすっと答えた。

「プハッ。コイツ、去年もサボッたから知らないんだぜ。スモモが走るリレーは、プログラムの一番最後だからな」

帰れねー、と坂田くんに笑われる。

「マジか。じゃあ昼から来よっと」

そこはひるまず高梨くんは言った。

「えっ、ダメだよ、高梨くんだって、なんか走ることになってるんでしょ?」と、わたし。

「いーのいーの、どうせ一〇〇m走だし。どこのクラスにもサボるヤツがいるから、ちょうどいい人数合わせになんだよ」

なんて彼は平然と言う。

熱いんだか緩いんだかわからない高梨くんって、やっぱり、ちょっと変わっているかも。

だけど、ガチガチだった自分の心が、彼のおかげで少しだけ楽になっていた。

三人に別れを告げて、駅の改札を抜ける。

すいている電車のシートに座り込み、ガタゴトと揺られながら窓の外の風景を眺めていた。

今日一日の出来事が景色と一緒に流れていく。

加島くんがわたしをかばって脳しんとうを起こしたときのこと。

抱きしめられた腕の中。厚い胸。

ゴリ先輩から怒られたこと。

輝いているみんなへの劣等感。自己嫌悪。

本荘さんに向けた加島くんの笑顔……。

ぽっかりと空いた夕方の時間。

窓の外に広がる、どこかなつかしい街並み。

カーンカーンと、電車の音に混じって聞こえる、遠い踏切の音。

ずっと……なにもない自分に、気づいていないわけじゃなかった。

だけど、日々楽しくて。

マトモに向き合おうとは、してこなかった。

リレーの練習を通して、加島くんと接して……わたしの心の中で、なにかが変わったのかもしれない。

陸上に対して、決して逃げない、決してブレない、ひたむきな彼の姿勢。

まっすぐな、黒い瞳……。

そんな加島くんと釣り合うものがほしい。

話せるものが、なにもなくて、恥ずかしいよ。
高梨くんが言うように、焦らなくてもいいのなら、人それぞれでいいのなら。
わたしもいつか、なにかを見つけたいな……。
そう思った。
夜、ご飯のあとリビングで家族とテレビを見ていると、不意にスマホが鳴った。
画面を確認しつつ、自分の部屋へと向かう。
ん？　知らない番号……。
どうしよう？
少し迷ったけど、結局気になるから出ることにする。
『はい……？』
『もしもし』
え？
……この声。
『加島だけど』
ええーーーーっ!?
『……立木さん？』
直接、耳の中に届く低い声。

『う、うん』

心臓が跳ね上がる。

『本荘から番号聞いた』

え？

『元気なかったから』

加島くんの声が言った。

『あ、うん。そう……かな？』

もしかして、あのとき本荘さんと交換していたように見えたのは、わたしの電話番号……だったってこと⁉

『鈴木に、なにか言われたんだって？』

『え……』

ぎこちない会話は、それでも少しずつ、つながっていく。

『なに言われた？』

『べつに……ホントのことだし、平気だよ』

『なに？』

ポツポツと、だけど適当にはごまかせない感じで、加島くんは質問を重ねてくる。

『えっと、トロいって。加島くんが走れなくなったら、わたしのせいだって。マジで足手まといなんだって』
言いながら情けなかった。
『バカだな。そんなの本気にしてんのか？』
なのに……短い言葉が耳もとで優しく響く。
一生懸命頑張ったけど、やっぱりダメなもんはダメなんだって悲しかったのに。
加島くんはわたしのこと、そう思わないの？
ヤバい。泣きそうだ。
『わたし、迷惑ばっかかけてるから……』
ホントにそうなんだもん。
『かけられた覚えはない』
『頭打って痛かったでしょ？　どこか痛めてない？』
『なんともないって言っただろ？』
少し怒ったような彼の顔が浮かんだ。
『こっちだって、あんな簡単に気絶しちまって、ヘコんでるんだ』
『え』
『気のきいた言葉も言えないし』
加島くん……。

そんなこと気にしてるの……？

ケガをしてまで助けてくれたのに。

こんなに優しい電話をくれたのに。

『だけど、立木さんがケガしなくて本当によかったって思ってるから』

『う、うん。……ありがとう』

ホッと、彼が息をついたのがわかった。

『本荘に怒られたよ』

『う？』

『お前がなんとかしろって』

『なんとか？』

『立木さんが笑ってくれないと走れないってさ』

『え……？』

〝お荷物〟のわたしが笑ったって、戦力になんかならないよ？

『リレーメンバー、みんなそう思ってる。俺も……立木さんの笑顔や一生懸命走ってる姿に引っぱられて、頑張ろうって素直に思えたから』

『わ、わたし？』

そんなふうに思ってもらえるようなこと、なんにもしてないよ？

『言っとくけど、みんなは三日間だけど、俺は二週間だからな。ずっと横で練習してきて、相当そう思ってる』

そう……思ってる⁉

わたしが笑ったり走ったりすることが、加島くんを引っぱってたって言うの？

まさか、そんなこと……。

この二週間、加島くんのひたむきな姿に引っぱられて来たのは、わたしのほうだよ。

『一緒にいて毎朝楽しかったし、気づかされることも多かった』

それも、わたしのほう。

始めたばかりの頃は、しぶしぶだったのに、いつの間にか朝練が楽しくて、いっぱいいっぱい気づかされた。

『こ、こっちこそっ』

『支えてもらった』

『こっちだよ』

『……ありがとう』

う……。胸がいっぱいになる。

こっちこそ、ありがとう。加島くん。

『俺、そんな時間をなかったものには、したくないんだ。明日はみんなで思いっきり走ろう』

『うん』

そうだね。わたしも加島くんと過ごした二週間を、無駄にはしたくない。ちゃんと応えたいよ。

『だから……』

そこでスッと、加島くんが息を吸い込む音が聞こえた。

なに？

スマホを持つ手にギュッと力が入る。

『立木さん、明日は笑ってくれる……？』

う……。そんなこと言われたら、泣く。

『うん……！』

元気のないわたしに、それを言うために電話をくれたんだね。〝笑って〟って……。

大きくうなずいてジーンと感動していたら、加島くんがポソッと言った。

『じゃ』

おわっ、も、もう切っちゃうの？

は、早くお礼を言わなきゃ。

えっと……でも、もっと、しゃべりたいよ。

『か、加島くんっ』

『え』

『あ、あのっ、電話ありがとう』

『いや……』

少し口ごもってから、彼はフッと息を漏らした。

『苦手なんだよ、電話。言葉が全然出てこない』

『そう？　いつもと変わらないよ』

いつも言葉は少ないけれど、気持ちはちゃんと伝わってくるもん。

『ム……』

わたしが答えたら、彼は一瞬言葉を詰まらせた。

あれ？　失礼なこと言っちゃったかな？

『いつもどおり、いっぱい伝わってくるっていう意味』

ちっちゃな声で一応つけ加えておく。

『……ウソっぽいの』

ポソッとそう言った加島くんは、ちょっとスネてるのかな？

『ホントだもん。言葉は少ないけど、いっぱい伝わってくるんだよ、加島くんの言葉って……。今だって、わたしを元気づけようとしてくれてるのが伝わってきて、すっごくうれしいの！』
『……』
そう言ったら、なぜか加島くんは黙ってしまった。
『お、怒っちゃった？』
不安になって聞くと、彼はボソッと答えた。
『や、照れてる』
フフ。
『あのね、さっき帰るとき、加島くんと本荘さんが話してるとこ見えたんだ』
そんな話をしてみた。
『告られてるのかと思っちゃった……』
『は？　どっからそーゆー話になんの？』
加島くんは本気で驚いた声を上げた。
『だって加島くん、なんだか照れくさそうに笑ってたから』
『からかわれてたんだよ、立木さんのことで』
『わたしのこと？』
『気を失ってんのに、抱きしめすぎだろって、スゲー笑われた』
『あ……はは』

あのとき、加島くんに抱きしめられていたことを思い出し、ドギマギしてしまう。
『じゃあ、明日な』
もう一度、加島くんは言った。
『うん、明日』
電話を切ってから、しばらくぼんやりと動かずにいた。
動くと忘れちゃいそうだから、じっとそのまま何度も何度も、彼の声を思い出す。
『一緒にいて毎朝楽しかった』って。
『支えてもらった』って。
朝練の二週間のことを大切に思っていてくれた。
本荘さんとのことも誤解だったみたいだし。
照れくさそうな声も。
〝笑って〟って言ってくれた言葉も……。
『明日は、みんなで思いっきり走ろう』
ホントにそうだね。
こんな気持ちも、あんな気持ちも、全部……。
大切に胸にしまって精いっぱい走る。
それが目標……！

今日で終わる
走りきったゴールの向こう側で
俺はなにを思うんだろう……？
決戦の日

【Side加島】


体育祭当日、決戦の朝。

グラウンドに立ち、空を見上げると、澄みきった青空に風が渡っていく。

天気は快晴。

体も軽い。

一応、バナナも食ってきた。

あとは……。

「おはよ、加島くん」

グラウンドの中央で実行委員の打ち合わせが終わったとき、背後から追い越しざまに声をかけられた。

今日は、うしろで髪をひとつに結んでいる。

背中でクルッとしっぽが弧を描いて、振り向いたキミが、恥ずかしそうに笑う。

「ん。おはよう」

「へへ」

照れてるのは『明日は笑って』と言った俺のリクエストに、お応えしてくれてるからなんだと思う。

いきなり、やられた。めちゃくちゃ可愛い。

ポッと染まった頬のまま、立木さんは胸の前で小さなガッツポーズを作って見せた。ホントに可愛いことをする。

俺も片手をおろしたまま、腰のあたりでグーをして見せる。

と、それを確認した彼女は、クラスの観覧席に向かって跳ねるように駆けていった。

「おい、加島ってば。……聞いてた？」

「え、うん。ゴールの着順係だろ」

クラスで二名ずつの体育委員からなる実行委員っていうのは、体育祭の細々したことを決めたり準備したり進行したりする係だ。

それに加えて俺たち陸上部員は、毎年その実行委員を手伝うことになっている。

陸上競技に詳しいからということらしいけど、まぁ習慣化された役割だ。

どうせやる仕事なんだからと、春、新クラスの各委員を決めるとき、同じ陸上部の松山から一緒に体育委員をやろうと誘われた。

他の委員を押しつけられるくらいなら『まだマシじゃない？』という松山らしい合理的発想で、結局、俺もそれにノッたわけだ。

おかげで今回、立木さんと親しくなれて、かなりの役得だったと思う。

いや、親しく……なれた、よな？

俺からすれば、友達としては結構いい感じになってきてると思ってる。

だけど、立木さんはどうなんだろう？

わかんねー。

他の男子とも、この程度には会話してそうだし、坂田とか高梨とか……もっと親しいのかもしれない。

で、問題は明日からだ。

リレーという会話の材料も接点もなくなって、この関係をどうキープしていくか。

今まで、なんだかんだいっても、ほぼ毎朝顔を合わせていたわけだし、一緒に走ったり話したり意外と楽しかったもんな。

本荘の言った『覚悟』という言葉。

立木さんを〝好き〟だと自覚してしまった胸のざわめき。

あとはまぁ、高梨の本気具合とか、告って気まずくなるのはイヤだとか、いろいろあるわけだけど。

今日は、レースのことにだけ集中しようと思っている。

さっきの笑顔を見て、そう思ったんだ。

それが今、俺があの子にしてやれること。

気持ちのいい風を感じさせてやりたいんだ、絶対に……。

徒競走のゴール横で構えていて、三着になったヤツの腕を掴んで三番目の旗の列に並ばせていく。

それが、今日の俺の役目。

団体演技とか競技とか、自分の出番の合間を縫って忙しく走り回っているうちに、無事、午前の部が終わった。

昼からはフリー。

最後にリレーを一本走るだけ……。


昼休憩。

本部席の横のスペースに、平均台とか用済みになった用具を片づけてから、集計係のもとへと寄る。

テントの下の机の隅で、数名がせわしげに電卓を叩いていた。

「どんな感じ？」

「今のところ二年はCが有力かな」

陸上部の同期の武田が教えてくれた。

「Aは？」

「んー、悪くないけど四番手だ」

学年七クラスのうちの四番。

「悪いだろ、それ」

「いやいや、Aまではダンゴなんだ。リレー次第でコロッと順位が入れ替わるぞ」

午後の部では、三年女子のダンスと同じく男子の組体操に交じって、リレー三種目が行われる。

どれも得点が高いから、巻き返しは十分可能らしい。

武田が電卓を叩く手を止めて、俺の顔をまじまじと見た。

「めずらしーな。加島が体育祭の結果を気にするなんて。イメージないけど？」

興味津々な顔で言う。

「今年の優勝はAがもらうよ」

「おおっ、俺、聞きたかったんだよなー。お前がそーゆー熱いこと言うの」

ニッと笑ってから武田は検算に戻り、電卓を叩きながら、「楽しみにしてる」なんて言った。

あ！

昼飯のこと、立木さんに言うのを忘れてた。

走るし緊張するだろうから、昼ご飯は少なめにしとくように言っといてやろうと思ってたのに。

走ったあとで、気持ちが悪くなったら、かわいそうだから。

や……。まぁ、言わなくてもわかるか。

それどころか、すでに緊張して食いもんが喉を通らなくなってるかもしれない。

パニクッているあの子の姿が目に浮かんで、早足でクラスの観覧席に戻り、姿を探した。

リラックスさせてやらなきゃな。

デッカいシートが敷かれたクラス席では、みんなが適当に散らばって昼ご飯を食っている。

お……。

友達と仲よく並んで弁当を広げてる立木さんは、デッカいおにぎりを今パクッといったところだった。

むしゃむしゃモグモグと、なんとも幸せそうに食っている。

伸び上がって覗いてみると、弁当箱には色とりどりのおかずがぎっしりと詰まっていた。

しかも、デカくないか？　弁当箱。

「……」

うれしそうに次々とおかずを口に運ぶ彼女を見ていると、なにも言えなくなって、そのまま自分の荷物のところへ戻り、腰をおろした。

……ま、いっか。

体育祭なんてどうせ祭なんだし、そんなにストイックになることもない。

なんだかこっちまで腹が減ってきて、弁当を半分だけ食った。

いつもだと、出走前には絶対に食わないんだけど。

「おう、加島」

いつの間にかリレーの男メンバーが集まってきて、しゃべりながら食べていた。

「緊張して喉を通らねーや」とか結構みんな言っていて、やっぱ立木さんって大物だと思う。

昼飯を済ませ、どっか体を動かせる場所を探して校舎裏に向かった。

「あれ？」

誰もいない校舎の陰でピョコピョコ揺れるしっぽを見つけた。

「……！」

立木さんが、ひとりでストレッチをしている。

俺が教えた順番どおり、ひとつずつ丁寧にこなしているのが、いじらしい。

「おーい、加島くーん」

こっちに気がついて手を振ってくるので、俺も横に行って体を伸ばした。

「はい。汗かいてない？」

ひととおり終えて差しだされたタオル。

「サンキュ」

受け取るとき指先が触れて、立木さんが「ひゃあ」と声を上げた。

「冷たいんだね、加島くんの手」

「ああ、レースの前は、いつもこうなる。緊張してんだろーな」

「加島くんでも緊張するの？」

不思議そうに目を丸くして、立木さんは見上げてくる。

「逃げだしたいんだ、ホントはいつも……」

思わず、そう呟いていた。

まっすぐに向けられた大きな瞳……。

「逃げだしちゃおっか、ふたりで」

クルッと表情が変わって、無邪気に笑う。

可愛い……。

「バカ、逃げねーし」

「知ってるよ」

加島くんは逃げないもん、なんて言いながら両手を広げて深呼吸をしている。

わかってないんだ。誰がそれを俺に教えてくれたのか……。

「覚えてない？」

何気ないように聞いてみる。

「なにを？」

キョトンと首をかしげるキミ。

「陸上部は毎年、体育祭の裏方に担ぎだされるんだけど、去年は俺、障害物走の担当だったんだ」

「ふうん」と呟いてから、ちょっと間があって、「へっ？」と小さな声が漏れた。

つややかな唇が、半開きになる。

「ネットに絡まったキミを助けにいったのは俺だよ」

「え、ホント……？」

「髪がもつれて絡まっちまって大変だった」

「えー、ヤダなぁ。あの係の人、加島くんだったの？」

あの日、泣きだしそうに俺を見上げた顔と、今、俺の横でほんのり赤く染まった顔とが重なっていく。

そのとき。

不意にギュッと、手を握られた。

見ると、立木さんの柔らかな手の中に、俺の両手が包み込まれている。

「あ、えっ？」

「思うんだけど、緊張して指先が冷たくなるんだったら、逆に、手を温めたら緊張がとけるってことじゃない？」

なんて、真顔で言ってくる。

「あー、まぁ、そう……かな」

実はドギマギしながら適当に答えた。

マジか……。

あいまいな返事を真に受けて、彼女は俺の手に唇を近づけて、はぁ……と息まで吹きかけ、ごしごしとやる。

「どう？」

見上げる真剣な瞳。

う……。吸い込まれそう。

「あ、うん。ドキドキしてきた」

ボソッとそう呟いたら。

「えーっ、ダメじゃん」と、はじけるように笑った。

ヤバい。可愛すぎる。

いつもいつも予想を超えてやってくる、一〇〇%の笑顔……。

やっぱ、この子にはかなわない。

遠くのほうから、俺たちクラス対抗リレーの出走者を入場門に招集する放送が聞こえてきた。

ひたむきなキミの強さは真似できないから、
まぶしいその笑顔を〝強さ〟にしよう……。

加島くんとふたりで入場門に向かいながら、今日までのことを思い出していた。

知らないうちにリレーの選手に決まっていて、文句を言いに行ったこと。

ふたりで始めた朝練。

思いがけなかった加島くんの笑顔。

練習を通して今までしゃべったことのない人たちとも、ちょっと親しくなれたこと。

いつも心配して励ましてくれたユメちゃん。

……〝一〇〇mの王子〟は案外いいヤツだった。

てゆーか、正真正銘の〝プリンス〟だった。

優しくて、かっこよくて、まぶしいくらい、ひたむきな……。

そして、今日で彼との接点もなくなってしまうということ。

それを、さびしく思う自分がいること。

切なくて、泣きそうな自分がいること……。

「あー、緊張してきちゃった」

入場門に集まってくる顔ぶれを見ると、確実に気後れしてくる。

「ウソつけ。さっき、立木さんの手、スゲーあったかかったぞ。寝てんのかと思ったくらい」

クスッと吹きだす加島くん。

「ね、寝てないよ！」

けど……ちゃんと走れるのかな？　どうしよう？

去年みたいに、やらかしちゃったら、どうしよう？

みんなの努力を無にしてしまったら、どうしよう？

心臓がドキドキと脈を打ちだす。

「大丈夫だよ」

加島くんがまっすぐに、そう言った。

「レースなんて、ぶっつけ本番なんだから、なにが起こっても気にするな。いつものように、ただ一生懸命、俺のところまで走っておいで」

「う……ん」

いつになく、はっきりとストレートな言葉。

ホントの王子様みたいだ。

「なにがあっても俺、立木さんが駆け込んでくるのを待ってるから」

「うん……！」

なにがあっても加島くんのもとへと駆け抜けるだけ……。

それなら、頑張れそう。

どんなに遅くても、加島くんはきっと待っていてくれるから……。

整列して入場し、自分の出番を待つ。

うちの学校のトラックは半周で一〇〇mだから、二手に分かれて待機する。

わたしは本部席側からスタートして、校舎側で待つ加島くんにバトンをつなぐんだ。

今のところ我が二Aの学年順位は三位で、得点では一位二位とも大差がない。

つまり、このリレーで勝てば優勝を果たせるらしい。

なーんてことを、さっき入場門のところで、ゴリ先輩が熱く語っていた。

プレッシャー半端ないし……。

こ、転ばないようにしよう。

そうじゃなくても遅いんだから。

バトンもしっかり持って、お、落とさないようにしなくっちゃ……。

トラックの内側に整列して待機中、体育座りの膝が震える。

「ダメだ、どうしよう」

あまりの不安に加島くんの姿をひと目見ようと、トラックの向こう側を目で探したけれど、人が大勢いてわからなかった。

どうしよう、ガチガチだ、わたし。

そのときふと、さっきの加島くんの冷たい指先を思い出した。

あの〝一〇〇mの王子〟が緊張していた。

いつもそうだって、ホントは逃げだしたいんだって……。

陸上部の先輩から、ぶつけられた言葉。

雨の中、飛び出したグラウンド。

〝プリンス〟だなんて言われたって、順調にここまで来たわけじゃなかったって知った。

プレッシャーも、中傷も、容赦なく加島くんを襲う。

それでも、走ることをやめないんだね？

彼の強さを、ひたむきな努力を思う。

弱さや怖さを知っている人こそが、本当に強い人になれるんだ……。

わたしは自分の弱さとも強さとも、あんなふうに向き合ったことはなかった。

けれど、せめて今日は逃げずにいたいと思った。

加島くんに比べたら、強くなる決意も覚悟もほんのちっぽけなものしか持ってはいないけれど、今日はとりあえず、加島くんの笑顔が見たいから、頑張るよ……！

それが一番、強くなれる気がした。


第一走者がスタートラインにつき、さぁ、レースが始まる。

膝の震えはいつの間にか、おさまっていた。

——パン！

抜けるような青空に、ピストルの音が吸い込まれていく。

わたしたちのクラスは空色のバトンと、はちまき。

応援席も、待っているランナーたちも、総立ちでレースを見守っている。

あ、抜いた！

第一走者の本荘さんが、するするとトップに立った。

すごい！

ふたりめ、三人目と、その差をさらに広げていく。

ホントに独走態勢だ！

四走五走でそれをキープして、第六走者のゴリ先輩にバトンをつなぐ。

つ、次が、わたし……！

これなら、なんとかいけるかも。

一位と二位、こんなに差が開いていたら、もしかして、このままの順位で加島くんにバトンを渡せるかもしれない。

「「あっ」」

そう思ったとき、ゴリ先輩の足がもつれて、巨体が地面に叩きつけられた。

えっ？

こ、転んだ!?

「あーー……っ」

観客席から漏れる、ため息。

起き上がったゴリ先輩が、転がったバトンを拾いにいっている間に、あんなに開いていた差は詰められ、それどころか、なんと、ふたりに抜かれていた。

次のランナーも、もう、すぐそこまで来ている。

それでも負けずに、ゴリ先輩はものすごい形相で駆け込んできた。

ヒェ……。

なんとかバトンを受け取り、わたしは走りだす。

あ！

細身の背中が、すぐにわたしを追い越していった。

ヤバい、このまま全員に抜かれちゃうかも。

ドクドクと心臓がうるさい。

頭が、まっ白……。

『なにがあってても待ってるから』

ふと、空っぽの頭の中に、加島くんの声だけがよみがえった。

お……落ちつけ、落ちつけ、落ちつけ！

走れ、走れ、走れ！
なにも考えずに、ただひたすら足を前に出す。
もう、いっぱいいっぱい。
練習したことは、ついてきてくれてるだろうか……？
なにも考えられない……。
「立木さん！」
そのとき、立ち並んだアンカーたちの中で、片手を上げた加島くんだけが見えた。
ホ……ッ。
か、加島くん……！
走りだしたうしろ手に、思いっきり手を伸ばして、バトンをパスする。
うまく……いった。
もはや、ぬけがら。
そのままトラックに座り込む。
結局ひとりに抜かれただけで、四位でレースを加島くんに託した。
「ハァハァ……」
息を切らしながら立ち上がって、走っていく加島くんの背中を目で追っていく。
わぁっと、場内に歓声が起こった。

「加島ーっ、行けーー！」

飛びだした加島くんは低姿勢で風を切り、そのまま加速していく。

速い……！

か、かっこいい……！

あっという間にひとり抜き……ふたり目を追い越した。

徐々に起こす上体。

力強い足運び。

そうだよ。前へ、前へ。

三人目の背中にもうすぐ追いつきそうだ。

うぉん……と、場内の歓声がひとつの音になる。

頑張れ！　頑張れ、加島くん……！

そして今、最後のひとりを振りきって、そのまま、白いテープを切り、全力で駆け抜ける……。

やった……！

キャーッと声援が飛んだ。

「やったぁ、優勝ーーっ！」

応援席はすごい熱気。

わたしはトラックの上で、まだ肩で息をしながら、その光景をただポカンと眺めていた。だって嘘みたい。

加島くんは……風みたいだったよ。

「やったな、加島！」

ゴールで他の男子メンバーから、もみくちゃにされている彼の笑顔が見える。

ふふ、加島くん、うれしそう……！

いつもより子どもっぽい顔をして笑っている。

「スモモー－－！」

本荘さんや他の女子メンバーが駆けよってきてくれた。

「よくやった！」

頭を、わしゃわしゃと撫でられる。

「ぬ、抜かれちゃったけど」

「上出来だよ、よく踏ん張った！」

「ゴリラが転んだときにはひやっとしたけど、スモモちゃん、よく走ったね」

「あれがなかったら勝てなかったよ」

みんなで、そんなことを言ってくれた。

鼻の奥がツンとして泣きそうになる……。

だって、みんな涙ぐんでるんだもん。

頑張って、ホントによかった。

ありがとう、加島くん。

ありがとう、みんな。


退場門を抜けてから、キョロキョロとあたりを見回した。

加島くんと話したい……！

「スモモ」

うしろから呼ばれて振り向くと、高梨くんが立っていた。

「スゲーじゃん、スモモ。ビックリした」

「あ……は、ちゃんと学校来たんだ、高梨くん」

「さっきな」

顔をクシャクシャってして、笑っている。

「ちゃんと輝いてんじゃんか、お前」

まぶしかったぞ～、って、高梨くんはわたしの頭をグリグリと撫でてくる。

わわ……。

ふと視線を感じて横を見ると、加島くんがこっちを見ていた……ような気がしたただけかな?

彼はわたしに気づかなかったみたいで、そのまま向こうへ行ってしまった。

あ……。

まだ委員の仕事があるのかも知れない。本部のテントのほうへと歩いていく。

誰よりも加島くんと、この喜びを分かち合いたかったのにな……。


「おっしゃー、打ち上げだ!」

閉会式のあと、誰からともなく声が上がって、クラスみんなで優勝の打ち上げをすることになった。

学校の近くにある公園に集合して、お菓子をたくさん買って、缶ジュースで祝杯をあげる。

まだ明るいから、希望者はあとで焼き肉食べ放題かファミレスに流れるらしい。

どっちにするのか、ちょっとモメているみたい。

男子は「肉、肉」って騒いでるけど……。

加島くんはさっきから、ずっと誰かにつかまって、しゃべっている。

なんといっても今日のヒーローだもん。

男子からも女子からも、次々と声がかかる。

わたしもみんなから握手なんか求められちゃって、うれしかったよ。

「ちょっとメールしてくるね」

しばらくしてから、ユメちゃんにそう告げて、公園の隅っこにあるベンチに腰をおろした。

こんもりと茂った木々に囲まれていて、みんなからは見えないところ。

体育祭の打ち上げに行くから夕ご飯はいらないって親にメールを入れて、そのままベンチの背もたれに体を預ける。

疲れているんだけど、体の奥はまだ興奮冷めやらない感じで、ひとりで風に当たりながら、ぼんやりしているのが心地よかった。

レースが終わってから、加島くんとはまだ、ゆっくり話せていない。

人気者のプリンスさんと話す順番は、わたしにも回ってくるのかな？

そうしたらまずお礼を言って、それからおめでとうって言って、それから……。

「立木さん」

いきなり頭上から声が降ってきた。

「あれ？　加島くん？」

ドキン、と心臓が跳ねる。

「あれ、じゃないよ」

ムスッと言う。

「急にいなくなるから、帰ったかと思うだろ？　スッゲー探した」

そう言って、彼はストンと、わたしの隣に座った。

「誰かに持ち帰られたかと思ったし」

「え？」

「焦った……」

ひとり言みたいに、呟く。

「呼びにきてくれたの？」

「なんなら、一緒に抜けちゃおうかと思って」

クラスのヒーローが、そんなことを言った。

ドキッとするよ……。

「フフ、面倒くさいんでしょ。みんなに囲まれるの」

「俺、社交性ないもん」

こんなふうに言ったら怒ると思ったけど、加島くんはあっさりと認める。

「そんなことないよ。みんなのまん中で笑う加島くんも、素敵だったよ」

ホントにそう思った。

「ゴリ先輩、泣いてた……よね？」

わたしがそう聞いたら加島くんは笑いだした。

「ありがとう～ってオイオイ泣くから、俺、どーしようかと思った」

「わたしなんか、ハグされそうになって、本気で逃げたからね」

ふたりで、ちょっと笑っちゃう。

「だけど、立木さんはホントによく頑張ったよ。キミがいなけりゃ勝てなかった」

それからマジな顔になって、加島くんはそう言ってくれた。

へへ、加島くんに言われると、すごくうれしい。

「コーチがいいからね、わたしの場合は」

加島くんが毎朝、教えてくれたから。

「まぁな」

なんて、ふんぞり返る。

ベンチの背もたれに寄りかかり、空を仰いで加島くんが笑った。

「なんかね……」

「ん？」

「えっと……、うまく言えなくて」

「なにが？」

加島くんが不思議そうにわたしの顔を見る。

「なんだかすごく……感動した」

心の底から言葉がこぼれた。

「……そう？」

「うん。こんなの初めて」

ため息のようにそう呟くと、加島くんはうれしそうに笑ってくれたんだ。

「あのね、朝練ありがとう」

「ああ、べつに」

「終わっちゃったね」

「うん」

そっけない返事。

またふたりで会いたいよ……とか言ったら、加島くんは困っちゃうのかな？

彼を、困らせたくない。

だけど、このままだと終わってしまう……。

もう、今までみたいに話したりとかできなくなる。

だけど、じゃあ、なにを言えばいい……？

そっと目線を向けたら、加島くんもこっちを見ていた。

「髪おろしたんだ？」

「あ、うん」

みんなに撫でられて、ポニーテールはボサボサになっちゃってたから。

突然スッと、加島くんの手が伸びてきて、指先がわたしの髪に触れる。

え……!?

「葉っぱがついてる」

細長いきれいな指にとらえられ、紅葉した小さな葉が、カサッと鳴った。

「可愛いのな」

「え」

「髪飾りかと思った」

伏せた瞳は、手のひらの葉っぱを見ている。

葉っぱのことか。

し、心臓に悪い……よ。

「紅《あか》くなってる」

優しい声……。

「ホントだね」

一緒に加島くんの手のひらの紅い葉っぱを覗き込んだら、クスッと笑われた。

「立木さんのことだし」

え……。

息がかかりそうな距離。

きっとわたし、この葉っぱより、まっ赤だ。

「手、さわってみ」

ポソッと彼がそう言った。

そっと触れると、葉っぱをのせた指先は、氷みたいに冷たい。

「寒いの？」

「……緊張してる」

「え、なんで？」

彼の指を手のひらで包み込もうとしたら、耳もとで加島くんの声がささやいた……。

「俺と……付き合ってくれる？」

まっ赤な葉っぱが指先をすり抜けて、カサコソと足もとへと転がっていく。

「へ……？」

「ずっと前から、好きだったんだ」

ドクドクドクドク……。

加島くんがまっすぐに、わたしを見ている。

わたしもその目を見つめて、でもなんにも言えなくなって固まってしまう。

ただ破裂しそうな心臓をかかえて、コクコクと、ひたすら、うなずいていた。

カァッと顔が熱い。たぶん今、さらに、まっ赤になってるはずだ。

フ……と、加島くんの口もとが笑った気がした。

「もはや罪だな」

え？

「……どうして、そんなに可愛いんだか」

〝一〇〇mの王子〟は、冷たい指先でわたしの頬に優しく触れると……。

ちょん、と小さなキスをした。

「か、か、か」

「か？」

「か、加島くんが、こ、こんなこと……」

ビックリしすぎて、ドキドキしすぎて、動けない。

間近でじっと見つめる黒い瞳。

「目……閉じてみる？」

「えっ」

目っ？　と、閉じ……!?

そ、それって、えっと……。

「イヤ?」

低い声がささやいた。

イ……ヤじゃない……。

そう答える前に、冷たい指が、今度はクイッとわたしのあごを持ち上げた。

ドッキンドッキンドッキンドッキン……。

ギュウッと目をつむる。

鼻先に加島くんの吐息を、かすかに感じたとき……。

「おーい、加島ー? あれ、どこ行ったぁ?」

突然、公園のまん中のほうから大きな声が聞こえてきた。

わわっ⁉

加島くんとわたしはバッと体を離す。

ベンチを隠すように枝を張った木々の向こうから、ヌッとゴリ先輩が姿を現した。

「おお、いたいた。どこ行ってんだよ、主役が」

そう言った先輩は、「ん?」と怪訝な顔になる。

「なにやってんだ、お前ら?」

「……なんも」

あわてて立ち上がり、ベンチの前でふたり並んで突っ立っているわたしたち。

その姿は、やっぱり不自然に見えたみたい。

「悪い、今行く」

加島くんがスッと足を踏みだし、ゴリ先輩と並んで歩きだした。

「立木も来いよ」

振り向いたゴリ先輩がそう呼んでくれる。

うわ……、いつも『お前』とか『この女』とか呼ばれてたから、名前で呼ばれたのは初めてかも。

小走りで追いつき、歩きだした加島くんの横顔をチラッと盗み見たけれど、何事もなかったように、彼はお得意の無愛想な顔をしていた。

まっすぐにゴールの先を見つめる目
その目の中にわたしが映ることはなくても
わたしの目にはいつも、その輝きが映ってるんだ
プリンスの彼女

あれはもしかして……全部、夢だったのかもしれない。

昨日、加島くんに告白されたこと。

頬に、そっとキスを落とされたこと。

低くささやいた声。

どれもウソみたいで、いまだに信じられない。

あのときベンチで固まったまま、すぐにゴリ先輩が来て、みんなと合流しちゃったけれど。

そのあと、ファミレスで打ち上げをしたときにも、彼はまったく、いつもどおりだった。

わたしたちが特別な関係になるかもしれないなんて素振りは、誰にも見せなかった。

だけど、わたしは、あのベンチでコクコクとうなずいてOKを出したんだよね？

ってことは、加島くんと付き合うことになった……のかな？

ホントに？

ホントに……？

そんな話を加島くんとしてみたいけれど、あれから丸一日、まだ、ゆっくりと話す機会がないまま、週末になってしまった。

今日は土曜で学校は休みだったけれど、加島くんはきっと部活に出て、グラウンドを走っているはずだ。

そして、明日は陸上の大会がある。

『結果を出せ』と先輩に言われていた、あの競技会だ。

打ち上げのとき、松山さんがそんな話をしていた。

加島くんの気持ちは、きっともう、そっちに向かって集中しているんだろうな。

そんな大事なときに、わたしなんかが恋愛ボケしたことを言ってはいけないような気がしていた。

だから、昨夜も今日もスマホを手にしては置く、を何度となく繰り返して……。

指先で画面をスクロールして加島くんの電話番号を表示させては眺めている。

電話してみようか？　いや、でも……。

夜になってもそんなことを繰り返していると、突然スマホが鳴りだした。

うわっ。

【加島晴人】

何度も見たその名前が光っている。

か、かかってきた……！

『は、はい』

『加島だけど』

『あ、うん』

『今いい？』

『うん』

一瞬の沈黙。

『昨日のこと……ＯＫでいいんだよな？』

マジメな声で加島くんが聞いてきた。

『え？』

『それとも、俺のカン違い……か？』

付き合ってって言われたことだ。

『う……ううん』

『そっか』

加島くんが小さく息をつくのが聞こえた。

『わ、わたしのほうこそ、カン違いかと思っちゃった。あのとき加島くん、いつもとちょっと違ってたから』

そう話したら、キスされたことを思い出してドギマギしてくる。

そんなわたしに彼は、ボソッとこう言った。

『手……早かった、よな？』
わわ。加島くんも思い出してる⁉
『た、たぶん』
なんてなんて、加島くんとこんな会話をしてるなんて、信じられない⁉
『えっと……』
わたしの、どこを好きになったの？　とか、もっと可愛い子なら素直に聞けるのかも。
でも、わたし、そんなこと聞けないしな……。
『あれはさぁ……』
『ん？』
『立木さんがスゲー可愛かったから……つい』
なんて加島くんは言った。
『……ウソばっか』
『ウソじゃないよ』
『う……ん』
うれしくて、恥ずかしくて、ドキドキする。
どこが可愛かったの？　なんてやっぱり聞けない。

『あ、あの、明日、応援に行っていい？　大会で走るんでしょ？』

それでも聞きたかったことを思い出して、思いきって聞いてみた。

『いや、明日は立木さん、来なくていいよ』

『え、どうして？』

『そう決めてるんだ』

やけにキッパリと加島くんは言った。

『え？』

『勝利の女神がいなくても、ちゃんと走れるか、自分だけでやってみるよ』

『はぁ……』

『わかってないだろうけど、体育祭であんなふうに走れたのは立木さんの力だよ。キミがいてくれたから、普段の何倍もの力で走れたんだ』

『そうかな？　加島くんは、いつも速いよ？』

体育祭のリレーなんて、加島くんには楽勝だろうなと、うらやましく思っていたのに。

『いや……。そうじゃない。ずっと、しっくりこなくて、うまく走れなかったから』

『スランプ……だったんだもんね？』

加島くんがその焦りを全部、練習に向けていたのは知っている。

『俺……ずっと、あんなふうに走りたかった。やっと取り戻せた気がするんだ』

そう言った声が明るくて、うれしかった。

『だから明日は自分だけで、もう一度、走ってみたい。今シーズン最後のレースだし、今まであがいてきた自分の走りを、もう一度信じたいっていうか……』

『うんうん』

『俺、ヘンなこと言ってる？』

『ううん、全然……！』

『あのときの走りが、まぐれじゃなければいいんだけど』

なんて加島くんは少しだけ笑った。

まぐれなんかじゃないよ。加島くんなら、やれる。

顧問の先生のこととか、転校のこととか。

明日はきっと特別なんだよね。

きっと、ひとりでなにかを見つけたいんだよね。

陸上部の先輩の言葉からも、他のいろいろなことからも、いつも逃げずにひとりで戦ってきた加島くんらしい言葉だった。

体育祭で見た加島くんの走りがわたしの力だなんて、これっぽっちも思わない。

そりゃあ、そんなふうに言ってもらって、もちろん、うれしかったけど。

だけど、明日は普段どおり淡々と、まっすぐにレースに臨んでほしい。

『じゃあ、家で祈っとくね』

そう言うと、彼は初めて少し申し訳なさそうな声になった。

『春になったらたくさん大会があるから、そのときは応援に来てくれる?』

『うん!』

それから少し話をして、短い電話のおしまいに加島くんはこう言ってくれた。

『明日、終わったら電話するから』

『うん、わかった。頑張ってね。手が冷たくなったらゴシゴシってしたら、あったかくなるから……!』

なるべく明るい声でそう言って、電話を切った。

強気な瞳と、優しい笑顔。

『ホントは逃げだしたい』と言った声。

苦しげに筋トレする表情、滴る汗。

雨に打たれて走る姿。

まるで、涙のように見えた雨粒……。

たくさんの場面が一瞬のうちにフラッシュバックする。

頑張れ、加島くん。

頑張れ、頑張れ。

ギュッと祈るように両手を組み、額をそこに押し当てた。

どうか、彼の努力が報われますように。

どうか、ケガなどしませんように……。


翌日の夕方、スマホが鳴った。

き、き、来た、電話！

ずっと握っていたくせに、焦ってスマホを落としそうになる。

『か、加島くん？』

『……ちゃんと走れた』

彼はそれだけを教えてくれた。

『ホントに？』

『ああ、記録更新。気持ちよかった』

さらっとそう言ったけれど、最近のベストタイムだったのかな？　納得いく走りができたんだね。

あたりはざわめいていていて、かき消され気味だったけれど、加島くんの声は明るく響いてくる。

終わってすぐに電話をくれたんだ。うれしい！

『よかったね。すごいね』

『ありがとう』

電話口の向こうで加島くんを呼ぶ声がして、『じゃ明日な』って電話は切れた。

やったぁ……！

よかった、加島くん！

だけど、彼の言った『記録更新』の意味の大きさを教えてくれたのは、その晩のテレビだった。

スマホをいじりながら何気なく聞いていたニュース番組で、『加島晴人』って名前が突然、耳に飛び込んできたんだ。

『緑ヶ原高校、加島晴人選手が、一〇〇m走でジュニア新記録を樹立しました』と。

「ええーーーーーっ」

そっ、そういうことなの？

『記録更新』って、ジュニアの日本新記録を更新したってことだったんだ！

加島くんってば、あんなにあっさり言うから、まさか、そんなことが起こっていようとは……！

す、すごいよ、それ。

「……」

それにもかまわず無言のまま、彼はスタスタと教室へ向かって歩きだした。

バッグを持った片手を肩に乗せ、うしろに背負うようにしながら、我関せずって感じで、大またで歩いていく。

う……。

も、もうちょっと愛想よくしたほうがいいんじゃない？

「加島くん」

背後から呼んでみた。

もう一度ちゃんと『おめでとう』って言いたいんだ。

あのあと電話をしてみたけれど、加島くんのスマホは電源が切れていて、もうつながらなかったから。

廊下でも階段でも彼は注目の的で、そこらじゅうから飛んでくる熱い視線と黄色い声をマトモに食らっていた。

ん？……聞こえないのかな？

「加島くん」

何度か呼んだけどまわりの声援と同化して聞こえないのか、彼は歩みを緩めず、待ってなんかくれない。

とはいえ、同じ教室に行くんだから、ちょこちょことあとをついていく。

しかし、すごいな。

金曜日に体育祭で注目を浴びて、休みの間にすぐあのニュースだもん。

そりゃ、人気者にもなるだろーけど。

「あの人だよね？〝一〇〇mの王子〟って」

「へー、結構イケてるじゃん」

とか……。

絶対本人にも聞こえてるってば。

「加島くん」

教室まであと数mってところで、やっと気づいたのか、彼が足を止めた。

「あ？しつけーな、ついてくんなよ」

おわっ⁉

振り向いた顔がものすごく不機嫌。

「あ、あ……の」

言われた言葉に、ちょっと泣きそうになる。

「あー、ゴメン。立木さんか。知らないヤツがついてきたのかと思ったから」

ムスッとしたまま、かろうじて返事をくれる。

わ、テンション低そう……。

「記録おめでとう」

「うん」

ちょっとだけ笑った。

「すごい人気だね」

「……面倒くせーのな。どーせタイムが落ちたら見向きもしないくせに」

そこで加島くんは小さく息をつくと、教室までの数mをまた歩きだした。

「みんな、うれしいんだよ、加島くんの記録が。あんまり無愛想にしてると、また嫌われるよ?」

なんだか、ハラハラしちゃう。

「また?」

「はっ、あ、いや……」

「べつに、人に好かれたくて走ってるわけじゃないからな。そんなことまで、かまってられるか」

あー、キレてる……。

せっかく、うれしい記録なのに。

「わ、わかるけど、それじゃあ、エラそーだって誤解されて、風当たりが強くなっちゃうから……」

「いーよ、べつに。性格だから仕方ない。だいたい自分のことでもないのに、なんで、あんなに大騒ぎするんだか」

うんざりしたようにそう言うと、加島くんは教室の戸をガラッと開けた。

「「おーーーーーっ」」

わき上がる歓声。拍手喝采。

「加島ーっ、よくやったぁ」

「すっげーな、お前」

駆けよってくる人もいる。リレーを一緒に走ったメンバーだ。

「感動したぞ！」

なんてゴリ先輩の声が一番デカくて。
ダ、ダメだよ。あんまり大騒ぎしたら加島くんのイライラが、また……。
「……」

固まってしまった加島くんを見て、みんなが今度はブハッと笑いだした。

「お前さぁ、なんつー顔してんだよ、学校一のヒーローが」

「人に騒がれんの、そんなにイヤか？　普通はテンション上がるもんだろ？」

「苦手……なんだよ、こーゆーの」

ボソッと答える加島くん。

「まー、加島らしいけどな」

「言えてる言えてる」

「さっき女子に囲まれてキャーキャー騒がれながら、加島くん、すっごいげっそりした顔してて、それ見て思わず笑っちゃった。あはは」

二Aのみんなが笑っている。

なんだ、ハラハラして損しちゃった。

「えっと……」

加島くんが息を吸い込んだ。

「サンキュー」

いきなり、みんなにひょこっと小さく頭を下げる。

思いがけないセリフと、その表情があまりにもちぐはぐで、ドッとみんながまた笑う。

「バーカ、こっちがサンキューだ」

みんなの笑顔を受けて、加島くんのムスッとした顔が照れくさそうにほどけていく。

へへへ、よかったね、加島くん。

ここにはちゃんと仲間がいるよ。

そうして。

体育祭が終わり、通常のリズムを取り戻した日々の中で、加島くんは生き生きと、とても輝いてみえた。

放課後、よくユメちゃんに付き合ってもらって、加島くんの練習を少しだけ見てから帰るんだ。週に二回か三回くらいかな。

そうそう、今、陸上部はグラウンドの一番奥が練習場になっているんだ。

だから、わたしたちは東校舎二階の端の化学室前から、加島くんを眺めることにしている。

廊下の窓に貼りついて、加島くんの姿を目で追っている。

練習場所は加島くんが新記録を出してから、急にハンドボール部とチェンジしたんだよ。

たぶん、マスコミ対策かな?

以前は金網越しに誰でも見物し放題だったけれど、今は違う。

グラウンドの奥はコンクリートの塀に阻まれて、外部からの目も声も完全にシャットアウトされている。

わたしたち在校生は、塀の内側から見られるけどね。

現にそう。

いつも大勢の生徒たちが塀を背中にずらっと並んで、陸上部の練習を見守るようになっていた。

そんな中で、加島くんは頑張っている。

充実してるっていうのは、まさに、こういうことなんだろうな。

朝練に始まり、授業が終わると暗くなるまでグラウンドを走る。

休みの日もひとりで遅くまで練習しているようだった。

この前、松山さんが、誰かにそんな話をしていたっけ。

だけど、教室で見る加島くんは全然疲れてはいなくて、むしろ顔つきが明るくなった気さえする。

相変わらず口数は少ないし、はしゃいだりなんかはしないんだけどね。

以前のようになにかに追い立てられるのではなく、単調な繰り返しが、加島くんの世界を築いていく。

そんな感じ……かな?


「ねー、ホントに付き合ってんの?」

今日も放課後、化学室の廊下の窓辺に並んでいると、ユメちゃんが不満そうな声を上げた。

「え、たぶん」

「たぶんってさー……。スモモはいいの？　そんなんで」

ユメちゃんはさらに不満げに口をとがらせる。

あの告白から、もうじき一ヶ月。

加島くんとわたしが付き合いはじめたってことは、まだ学校のみんなには知られていない。

べつに隠しているわけじゃないんだけど、加島くんが『わざわざ発表しなくても、自然に知られていけばよくない？』って言ったから……。

なんか言いそびれちゃっている。

部活人間の彼とは登下校の時間も合わないし、逆に意識しちゃって教室ではしゃべらないから、自然に知られていくなんてことは、当分なさそうだった。

もちろんユメちゃんには、こっそり打ち明けてあるんだけどね。

驚くと思っていたのに、ユメちゃんは『やっぱりね。そーなると思った』なんて笑ってくれたっけ。

「てゆーか、あの子たち全員、加島くん目当てでしょ？」

隣でユメちゃんがムスッと言った。

そう。この窓から見おろしてもよくわかるけど、陸上部の見学者は、ほぼ女子ばっかで……。

加島くんが走ったり近くを通ったりすると、キャーキャー声を上げてたりする。

「ほら、あの子たち、また来てるよ」

「うん……」

中には追っかけみたいな常連さんも数人いて……。

加島くんのこと、本気で好きみたいなんだ。

「なんでスモモは彼女なのに、こんなとこで隠れて見てんのよ」

「べつに、隠れてるわけじゃないよ」

だけど、あの子たちに混ざって、彼女づらして、練習中の加島くんに手を振ったりとか、ちょっとできない。

他の子たちへの遠慮もあるけど、なにより真剣にトレーニングしている加島くんに悪い……。

「わたしの彼氏なの！って、あの子たちに言ってやればいいのに」

ユメちゃんは、こんなわたしがじれったいみたい。

「え、やだ」

「なんでっ？」

「だって……」

加島くんのファンの人たちは、一年生から三年生まで、すごくキレイな人も可愛い子もいっぱいいるから。

わたしが彼女でいいのかなんて、なんか……自信ない。

加島くんだって早まったって思ってるかもしれないもん……。

「練習終わるの待って、一緒に帰れば？　付き合うよ、それまで」

化学室から引きあげるとき、ユメちゃんはそう言ってくれたけど……、それもやっぱり……自信がなかった。

加島くんにウザがられそうな気がするんだよね、そーゆーの。

騒がれるの、苦手そうだし……。

「また今度、都合聞いとく」

そう答えて、窓辺を離れた。

「スモモ、加島くんに気をつかいすぎじゃない？　電話とかしてるの？」

校舎の階段をおりながら、ユメちゃんが心配そうに聞いてくれる。

「うん！　加島くんのほうから、してくれるんだよ」

「へぇ〜」

それは本当だった。

練習帰り、電車を降りて駅から家までの道のりを歩きながら、加島くんはよく電話をくれる。

『今、帰りなんだ』って。

家に帰ってからだと眠くなっちゃうみたい。

一度、電話中に寝ちゃったこともあったっけ。

夕ご飯もお風呂も済ませて『あとは寝るだけだから、ゆっくり話せるよ』って、たぶんベッドの上からかけてきてくれたことがあったんだけど、だんだん返事がうつろになってきて……。

とうとう応答がなくなって、小さな寝息だけが聞こえてきたんだ。

きっと疲れてるんだよね。

《寝ちゃったよな、ゴメン》

って、翌朝届いたメールが、なんだかとても愛しくて。

《怒ってる?》って聞かれたけれど、怒る気にはなれなかった……。

加島くんの生活がハードなのは知ってるもん。無理をしないで付き合っていけたらな、って思ってる。

そんな話をユメちゃんにしたら、また怒られちゃった。

「無理してるのはスモモのほうでしょ？」って。

……そうかな？　加島くんの彼女なら、これぐらい当たり前だよね。

土日も練習するのが日課になっているから、デートなんて諦めてるし、電話やメールも彼の都合のいいときに、してくれればいい。

そりゃわたしだって、加島くんとデートしたり、一緒に登下校できたらいいなって憧れてるよ。

でも、『好き』って言ってもらえただけで十分だもん……。

陸上頑張ってる加島くんの、負担にならないようにしなくっちゃ。

迷惑かけないようにしなくっちゃ。

一応プリンス様に合わせて、いい彼女になる予定だからね。

「毎日かかってくるの？　電話」

ゲタ箱で、靴を履き替えながらユメちゃんが聞いてきた。

「ん～、三日に一回ぐらいかな。ユメちゃんと坂田くんは？」

「ウチは毎日。あと、メールも、ひっきりなし」

「ふ～ん……」

……やっぱりちょっと、さみしいかも。

自分からも電話をすればいいんだけど、タイミングがわからなくて、気が引けちゃうし……。

メールしても一回しか続かないと、迷惑かもって思ってしまう。

知らないんだろーな、加島くんは。

電話がない日も彼の下校の時間帯には、わたしがスマホをずっと握りしめてるってことを。

学校帰りに電話をくれるかもって期待して……。

いつだって加島くんの声が聞きたい。

加島くんと話せたら、それだけで元気になれるのに。

電話がない日はさびしいよ……。

校舎を出ると、外はまだ明るかった。

大空に運動部員たちのかけ声が吸い込まれていく。

「だけど、もうすぐ冬休みだし、スモモたちも、やっとゆっくりデートとかできるんじゃない？」

ユメちゃんが明るくそう言った。

「うん」

実は、わたしも期待している。

だって、冬休みは、クリスマスとかお正月とかあるもん。

部活がオフの日だってあると思うんだ。

「そうそう、ライブやるよ、ドリアンチョッパー」

「え、あ、坂田くんのクリスマスライブ？　また、他のバンドとみんなでやるの？」

「それがね、今年は単独ライブなの」

ユメちゃんの顔がうれしそうに輝く。

「うわっ、すっごーい！」

「相変わらず、小さなライブハウスなんだけど。しかも、イブもクリスマスも大晦日《おおみそか》のカウントダウンも断られちゃって二十八日なんて中途半端な日しかとれなかったんだって」

「おー、十二月二十八日！　楽しみにしとく〜」

ワクワクしながらわたしが言うと、ユメちゃんが笑った。

「だからさスモモ、それ、加島くんと行きなよ」

「え」

「誘っちゃえば？」

「あ、そっか、うん……」

加島くん、ライブとかってどうなんだろ？　好きかな？

「加島くんだって、きっと楽しいって」

「そ、そうかな」

「そーだよ」

「だよね、たまには発散しなきゃだよね。じゃあ……そーしちゃう？」

今度の電話で聞いてみよう。もしOKだったら……？

わぁ、一緒にライブに行くなんて、すごく楽しみだ……！

それなら夜だし、部活も大丈夫だよね。

俺に足りないものは、なにか？
覚悟か、決意か、想《おも》いの深さか……
風の中で見つけたもの

【Side加島】


練習を終え、グラウンドから引きあげようと歩いていると、うしろから声をかけられた。

「加島先輩、これ使ってください！」

女子の手から差しだされた、まっ白なタオル。

「いや、自分のがあるから」

悪いけど、顔も見ずに部室へと向かう。

なんなんだろう、毎日繰り返されるこの手の会話は。

タオルがペットボトルのときもあるし、『手作りの、はちみつレモンです』なんてときもある。

リボンのついたプレゼントを差しだされることも。

『誰からも受け取らないことに決めてるから』って、何回も言ったろーが。

しかしながら、連日手を替え品を替え、同じ展開が繰り返されている。

「加島くん！」

また別の女の子に呼びとめられた。

「あのっ、よかったら、これ使って」

今度は汗拭きシート。

しかも、パックごと。

あ……ちょうど切らしてて、買いにいかなきゃなんないとこだったんだ。
ム、ほしいな……。
と思ったら、ぐっと差しだすその手の主と目が合った。

ゴクッと固唾を飲んで、見つめる目。

「ゴメン。いらない」

うわ、あっぶねー。

面倒くさいことになるとこだった。

『ひとりだけズル～い、わたしのも受け取って』なんて騒がれたりしたら、マジで暴言吐いちまうかもしれないからな、俺。

「加島先輩、彼女とかいるんですか？」

歩きだした背中に言葉が投げられる。

「えっ、ああ、……いるよ」

少し振り向きながら、そう答えた。

ヤベッ。

いつもなら、なにか問いかけられても返事なんかはしないんだけど。

……立木さんの顔が浮かんだんだよな。

「「えええっ？」」

聞いた本人だけじゃなく、そこらじゅうから声が上がった。

あ、そっか。これを言ったら、もうつきまとわれないのか？　なんだ、早く言えばよかった。

なのに、その場の女子たちは次の瞬間、みんな顔に苦笑いを浮かべた。

「もう！　加島くん、ウソばっかり」

「わかってるんですよ。わたしたち、ちゃんと調べてるんですから」

は？

「加島先輩には彼女はいません！」

一年女子に堂々と言い切られる。

「いや、付き合ってる子がいるから」

「いません！　わたしたちがジャマだから、そういうこと言うんでしょ？　だまされませんよ」

「そーじゃなくて、どっちにしろ、こんなふうに練習見学してもらったって、なにも応えられないし、悪いけど……迷惑なんだ」

マトモにそう言ってみた。

一度はっきり言わなきゃいけないって思ってたしな。

「やだ！　静かに見るから、そんなこと言わないで。わたしたちは純粋に加島先輩が走っているところを見ていたいだけなんです～」

上目づかいにこっちを見上げて、アヒル口から甘ったるい声を出す。

あー、面倒くさ……。

ウンザリしてそのまま立ち去ろうとすると、一番近くにいた子が小声でボソッとささやいた。・

「もしホントに彼女なんかいたら相当ヤバいですよ。あの人たち、過激そうだし」

と、目線でチラッと三年生のグループを差す。

「どういう意味だよ？」と俺。

「人目のないところに呼びだして、彼女、ボコボコにされちゃうかも」

「はぁっ？」

思わず大声で聞き返した俺の脇で、三年のヤツらがやり返すように言った。

「やだなぁ、なに言ってんのよ。そっちこそ、陰でネットに彼女の悪口流し続けるタイプじゃないの？」

「そうそう。なりすまし、ってゆーやつ？　本人になりすましてHな書き込みしちゃうとか」

「しませんよっ、そんなこと！」

女子たちが急にやり合いだす。

……お前ら、なに言ってんの？

俺に彼女がいたら、本気でそーゆーことするっていうのか？

可愛い立木さんの笑顔が浮かんだ。

恐怖で震える顔も、傷ついて泣いている顔も……。

このテンションだとマジでやりかねないぞ、コイツら。

「ホントにいるんですか？　彼女なんて」

もう一度、問いかけられる。

「いっねーよ、そんなもんっ」

ほとんど怒鳴るように、そう答えた。

あんなやりとりを聞かされて、立木さんのこと言えるか、バカ。あの子をそんな目に遭わせるわけにはいかない。

「なんだ、ビックリさせないでくださいよ～」

ホッとした表情になる彼女たちを無視して歩きだそうとしたとき、背後からしっかりとした声が聞こえてきた。

「ちょっと待て。なんだよ、今の話」

あ……。

「福本先輩」

福本キャプテンは俺ではなく、見学の女子たちに向かって立っていた。

「いい？　言っとくけど、陸上部員やそのまわりの人間に危害を加えるようなことをされたら、キャプテンとして黙ってらんないよ？　絶対に加害者を突き止めて、親や学校や、なんなら警察や裁判所にだって通報するから、そのつもりで」

毅然とそう言ってのける。

「や、やだなぁ、架空の話ですよ、今のは」

女の子たちが急にあわてだす。

「ならいいけど。……それと、明日から部活の見学は、入部希望者だけに限らせてもらうから。職員室に行って、顧問の吉崎先生に願いでて、許可をもらってからにしてください」

事務的にそう告げると、先輩は「行こう、加島」と歩きだした。

「あ、はい」

うしろでブツブツぼやく女子の声が聞こえなくはなかったけれど、あとはもう完全無視で。

「あの、ありがとうございます」

部室に向かいながらそう頭を下げると、福本先輩は少し笑いそうな顔で俺にこう言った。

「ホントはいないんだろ？　彼女なんて」

「えっ」

「見栄《みえ》はんなって」

いや、なんの決めつけだ。

「や、います」

マジメなキャプテンからも俺はそう認識されているらしく、一応ボソッと申告する。

「えっ、いるのか、お前、そういう子」、
先輩の口がポカンと開く。

「ＯＫもらったとこで……」

「マジ？　お前が？　告ったのか？」

いや、驚きすぎだろ。

どんな印象なんだ、俺って……。

「あー、もしかして……あの朝練の子？」

しばらく驚いてから、福本先輩は思い出したように言った。

「そうです、はい」

「へー、じゃあ、それが好調の原因だ？」

「……かもしれないです」

福本先輩と話すのは、この前のレースのあと声をかけてもらって以来だ。

『よく走ったな』って、肩を叩いてくれたっけ。

「充実してるみたいだな。お前、最近、顔つきが変わったよ」

並んで歩きながら福本先輩が、まじまじと俺の顔を見る。

「なんか今、走るのが楽しいです」

「答えを見つけたってわけか」

「あー、えっと」

言葉にするのはためらわれたけど、でも、ちゃんと伝えようと思っていた。

逃げてると言われたときは自信がなかったけれど、俺は俺なりに、ちゃんと前を向いて走っている。

福本先輩には、それをわかってほしいんだ。

「俺、上を目指します」

「……そっか」

「はい」

「外へ出るなら、シーズンオフの今だな」

強豪校への転校の話だ。

「いえ、それはまだ、決めていません。ただ……俺がいなくなれば、陸上部の顧問は吉崎先生の続投ということで固まりますか？」

それを、聞きたかった。

招致する予定だというコーチは、俺がいなければこの学校に赴任することはないのだろうか？

今までどおりの陸上部でいられるのか……？

「ああ、加島は、その件についてはもう考えなくていいよ。いろいろ言っちまって悪かったな。お前は一番必要な結果を出してくれたから、あとはそれを盾に、俺が学校側に掛け合うさ」

「はい……」

「お前が残ろうが出ていこうが、陸上部の顧問は吉崎先生だ。だから、加島は気にせずに、さらに上を目指すことだけを考えてろ」

「はい」

そういう福本先輩だって、もうすぐ卒業で、関係ないはずなのに。

俺らの代の新キャプテンだって始動しているっていうのにな。

だけど、この人はいつまでもみんなのキャプテンで、最後まで、部や部員たちのことを考えてくれている。

ずっとずっと自分のことにだけ必死で、他の部員のことなんて興味すらなかった俺とは全然違う。

「加島、冬休みに陸連の強化合宿に参加するんだろ？」

「あ、はい」

グラウンドの端にある部室の入り口の前で、福本先輩はもう一度、俺を振り返った。

「それを体験してから、結論を出せばいい」

そう言ってうなずいた先輩の力強い笑顔に、いつか自分も近づけるんだろうか……なんて思った。


帰り道、駅の改札を抜けて、立木さんに電話をかけた。

三日に一回ぐらいかな？

そんな割合で、かけるようにしている。

ホントは、毎日でも声を聞きたい。

だけど、向こうからはかかってくることはないし、あんまりガッついて引かれるとヤバいしな。

俺、手が早いらしいし。気をつけよう、うん。

『もしもし、加島くん？』

『今、帰り』

『へへ、お疲れ様』

疲れが吹っ飛んでいく。

教室では席も離れているし、しゃべったりはなかなかできないけれど、スマホの向こうから聞こえる立木さんの声はいつも、ほがらかで明るい。

苦手だと思っていた電話での会話も、案外平気だった。

いや、きっと俺はやっぱり、つまんない話しかしてないいんだろうけど。

立木さんはそれをスゲー楽しそうに聞いてくれるんだ。

部活のこと、クラスのこと、家のこと。

いろんな話をする。

話題もリアクションも乏しい俺だけど、無言になると、すぐに立木さんがなんとかしてくれる。

クルクルッて動く表情が目に浮かぶ。いろんな話題が飛びだしてくるんだ。

『ねぇ、加島くんは、いつもどんなカッコで寝てるの？』

『カッコ？』

『うん。仰向けとか、横向きとか』

『それ聞いて、どうすんの？　占いかなんか？』

『ううん。べつに。想像するだけだよ』

　おかしそうに笑う。

『う〜ん。横向き、が多いかな』

　俺がそう答えると、『可愛い！』ってまた笑った。

『立木さんは？』

『えっと……、わたしも横かな？　あのね、片足を引き上げて走ってるみたいなカッコで寝ると気持ちいいんだよ』

『へぇ』

　他愛のない会話が、なんで、こんなに楽しいんだろ。

　家の前についたけど中へは入らずに、彼女の話す声をしばらく、そのまま聞いていた。

『もう家？』

　可愛い声が聞く。

『うん』

『そっか……』

『じゃあ、またな』

　そう言って電話を切ろうとしたとき、彼女があわてて言葉をつないだ。

『あ、あのっ、冬休みは遊べる？　クリスマスとか……。あの、十二月二十八日にライブがあるんだけど、か、加島くん一緒に行かない？』

『ずいぶん、いっぺんに聞くんだな』

『あ、へへ、ゴメン。……加島くん、イヤかと思って、なかなか聞けなかった』

なんて声が小さくなっていく。

『遠慮してんの？』

　意外だったのでそう聞くと、

『だって、加島くん忙しそうだし』

と、もっと小さな声が返ってきた。

そんなに気をつかわせてたんだ、俺。

『バカだな。立木さんに誘われて、イヤなわけねーから』

『ホントに？』

『あ、うん、でも、冬休みも陸上部は練習あるし、あと長距離のヤツらの大会が結構あるんだ。俺、長距離は出ないんだけど、いろいろ手伝うことがあって行かなきゃなんない』

『そっかそっか。そーだよね。えっと……クリスマスもダメ？』

あー……。

言ってなかったな。
『ゴメン。イブも二十五日も強化合宿とかぶってて、こっちにいない』
一瞬の沈黙。
こんなんじゃ全然ダメだ。立木さん、つまんないよな、きっと。
『……そうだった。合宿あるって言ってたよね。頑張れ、加島くん』
すぐに明るい声に戻って、立木さんはそんなことまで言ってくれた。
『……』
完全に気をつかわせている……。
『二十八日のライブって何時から？』
『十八時だけど。もういーよ、合宿なんでしょ？　気にしないで』
『いや、合宿終わって戻る日だから、少し遅れるかもしれないけど、行けると思う』
気をつかわせてばかりでゴメン。必ず行くから。
『でも、疲れてるだろうし……』
『大丈夫。絶対に行く。……って、誰のライブだっけ？』
そこで初めて、それを聞いた。
『加島くん、ドリアンチョッパーって知ってる？』
『ああ……坂田たちの』

そういうアレか。プロのコンサートとかじゃないんだ。

俺はてっきり、普通にふたりだけのデートかと思ってたんだけど。

っていうか……高梨のライブかよ。

『うん。知り合いの小さなライブハウスだから、特別安く貸してもらえるんだって』

『ふうん』

詳しいのな。

『ユメちゃんって、去年のライブを見て、坂田くんのこと好きになっちゃったんだよ。あれからもう一年かぁ』

なんて彼女は感慨深げに呟いた。

毎年行ってるんだ。

そういえば立木さんも、そのライブで高梨のことを好きになって、バレンタインのチョコをあげたって、本荘たちに話してたっけ……。

俺を一緒に誘うぐらいだから、もう未練はないんだろうけど……。

ステージ上の熱い姿を見て、また好きになること、ないんだろーか？

なんか、オーラあるもんな、アイツ……。

高梨にも誰にも渡したくなくて、ガラにもなく速攻告って付き合ったはずなのに、彼氏らしいことは、なにもできてなくて……。

そんな俺を、立木さんはどう思ってんだろう？

『絶対に行くから』

改めて、そう宣言すると、立木さんは、

『ありがと。初デートだね』

って、ふふっと笑った。


それから数日が過ぎ、終業式の前夜。

テレビのニュースを見ていたら、自分の映像が流れてきた。

走っているところと、インタビューされているところ。

そういえば、少し前に取材されたっけな。

練習風景やトラックを走る姿はまだマシだったけど、インタビューなんか、もう最悪で……。

あー、放送すんなよ、恥ずかしい。

マイクを向けられた画面の中の俺は、怒ってるみたいに無愛想で、すげーエラそうに見える。

それなのに、インタビュアーは、

『いやぁ加島くん、去年に比べると見違えるように雰囲気が明るくなりました』

なんて言った。
そうだった。そう言われた。
で、マジか……って思ったんだ。クソ。
『彼女でも、できたかな？』
うわー。最悪だ。
インタビューの続きを知っている俺は、さらに焦る。
そう、突然ブチ込まれたその質問に、俺は半ばキレ気味にこう答えたんだ。
『彼女なんか、いません』
あー……。
『えー、でも、ほしいお年頃《としごろ》でしょ？』
『面倒くさいスから、そーゆーの』
……。
バカ、なに言ってんだ、俺。
てか、なにそのまま放送してんだ、テレビ局。
あれは、立木さんを巻き込みたくなくて、とっさについたウソ。
しかも図星だったから、あわてて逆ギレしてるとこだ。
そんなの放送されるとか思わねーし。

うわ、まさか、立木さんも見たんだろうか、今の……。

そうそう、あの取材のときは追っかけみたいな子たちがまわりをズラッと取り囲んでいて、俺があの子と付き合ってることは、できれば知られたくなかったんだ。

最近はみんなも飽きてきたのか、校内でつきまとわれることも少なくなったし、福本先輩のおかげでグラウンドに貼りつく子たちもいなくなったけど。

それでも別の場所で待っていて、練習終わりに手紙を渡されたりはする。

遠巻きにヒソヒソささやかれたり、勝手に写真を撮られたり……。

その中に、立木さんに悪意を持つヤツがいるかもしれないと考えたら、やっぱり〝彼女〟の話をするのは抵抗があったんだ。

う〜む。

しかし、もし俺のあんな発言を聞いたとなると、立木さんだっていい気はしないはずだ。

どーゆーこと？って詰め寄られたって、不思議はない。

スマホを片手に少し迷っていたけれど、スクロールさせた彼女の名前を、指でそっと触れてみた。

『はい』

電話はワンコールでつながった。

『あ……立木さん、今なにしてた？』

『テレビ見てた……よ、加島くん、出てたね』

『そっか』

『……うん』

いつもより返事が重たい気がする。

『インタビューで彼女はいないって言ったのは、立木さんを巻き込みたくなかったからなんだ』

いきなりだけど、説明を始めた。

言い訳がましいかもしれないけど、誤解されたくねーし。

『そう……。騒がれるのヤダもんね』

『つーか、イヤがらせとか心配だったし』

『うん……』

『俺、面倒くさいとか、思ってないから』

『へ……気にしてないよ』

そう答える立木さんの声は、それでもいつもとは少し違って聞こえる。

うわ、もう誤解されちゃってるのか？

『ゴメン』

『なんで謝るの？　かっこよかったよ、加島くん。わたし、あわてて録画しちゃったもんね～。もー何回でも見ちゃう』

明るい声になって立木さんは言った。

『はぁ？　やめろよ、それ。恥ずかしいし』

あわてる俺がおかしかったのか、クスクスと笑いだした彼女は、なんだか全然いつもどおりで……。

気にしすぎかな、俺。

『電話ありがと。すぐに電話かけてくれるなんて、加島くんにしては優しいね』

なんて笑う声。

えっと、誤解は解けたのかなぁ……。

『それなら、いいんだけど』

少し話して、テレビでの俺の無愛想ぶりをふたりで笑って、それから俺は電話を切った。

翌日の終業式でも、立木さんとは目が合ったくらいで、とくにしゃべらないまま二学期が終わった。

冬休み……。

陸連の強化合宿に参加。

この合宿は毎年、開催地が変わるらしく、今年はこの町から新幹線で二時間ほどのところで行われた。

さすが全国レベルのヤツらが集う合同練習だ。

ちょっとした会話の中にも、陸上に対する意識の高さを見せつけられて、かなり刺激的な経験になった。

そうそう。参加者の中には有名強豪校の選手がわんさかいて、聞きたかった情報もゲットできた。

練習法とか。

で、驚いたのが、強豪選手の多くが男女交際を禁止されているってことだった。

「えー、今どきそんな学校あんの？」

ビックリする俺に対して、ヤツらは逆に驚いてたな。

「えー、そんな自由な学校あんの？」って。

中には、異性と付き合ってんのがコーチにバレると、退部させられるって学校もあった。

スゲーな、それ。

恋愛に振り回されて陸上に専念できなくなるとか、休息時間をデートに回すからコンデションを崩しちまうとか、言われるんだって。

いや、そんなのは、こっちの自己管理の問題だろ？

だって彼女がいたって、自分さえしっかりしていれば、ペースを乱されるなんてことはない。

「むしろ絶好調だし……」

遠く離れた立木さんの笑顔を思い浮かべながら、俺はそう呟いていた。

早く会いてーなー……。

で、この気持ちこそが原動力になるってこと、俺が一番に知っている。


アウエーかなって覚悟していた合宿は、案外充実した日々だった。

ライバルであると同時に、同じ目標を持つ者同士。

みんな熱くて、その熱さの中に身を置けたこと自体が収穫だった。

「大会でまた会おう」

そんな言葉を交わす相手もできて、全日程が終了する頃には、なんかヤル気がみなぎっていた。

もう一対の茶色い瞳が
不意にわたしを見つめ
ふわっと、やわらかく微笑《ほほえ》んだ
もうひとつの瞳

ライブに行く前、この前録画した加島くんの映像を見ていた。
もう何度繰り返して見たっけかな。
グラウンドを走る加島くんの姿が遠くから、徐々に大きく映しだされていく。
正確に繰りだされる長い足。
その一歩一歩が、力強く地面をとらえる。
『目がいいですねー』
とアナウンサーが言った。
うん。いい!
涼やかだけど勝気そうな黒い目が、まっすぐに前を見つめている。
ゴールの先に見えるのは、まだ続くグラウンド?
校舎? それとも空かな?
その景色は加島くんだけのもの。
走る加島くんの目の中にわたしが映ることはない。
だけど、彼にはいつもまっすぐにその景色を見ていてほしいんだ。
ひたむきな加島くんの目が、わたしをそんな気持ちにさせる。
「さ」
再生をやっと停止させ、ライブへ行く身支度を始めた。

これ以上見ていると、例の『彼女なんかいません』発言の場面になっちゃうからね。

でも、あの発言についてはすぐに謝ってくれたし、説明も聞いたから気にはしてないつもり。

だけど、映像で再現されると、やっぱりヘコむから。

だって、あのインタビューのとき、加島くんはホントに面倒くさそうな顔で言ったんだもん。

『面倒くさいスから、そーゆーの』って。

彼女なんかいると、面倒くさいって意味だ。

ホントはそんなこと思ってないって言ってくれたけれど、五%ぐらいはマジかもしれない。

だから、気をつけなきゃ……ね。

少々会えなくてさびしくても、頑張る。

走る加島くんが見る景色を、わたしが守ってあげるんだ。

ライブの開演は十八時って聞いていたけど、ユメちゃんと早めに入って、ドリアンチョッパーのみんながリハーサルしているのを見ていた。

なにか手伝えることがあればと思ったけど、わたしたちができるようなことはなんにもなく……。

オールスタンディングのホールにパイプイスを持ってきて座り、観客一号二号になっているだけ。

「だけどスモモ、よくガマンできるよね～」

不意に、ユメちゃんがこっちを向いた。

「なにが？」

「イブも会えなかったなんて、ありえない」

「あー、だけど加島くんだって、遊んでいるわけじゃないしね」

「でも、全然会えてないじゃない」

「いーんだよ、加島くんのペースで。そーゆー坂田くんだって、バンドやバイトで忙しいんでしょ？」

そう切り返すと、ユメちゃんはニッコリと笑った。

「涼は『会いたい』って言ったら飛んできてくれるもん。夜中にバイク飛ばしてびゅ～んって」

「え、ホントに？」

「うん。事故とか心配だから、こっちからはあんまり言わないけど、自分で勝手に来ちゃうの。『会いたかったから来ちまったぞ～』って」

「へぇー、いいなぁ」

「でしょ？　スモモもガマンしてないで、思ってること言ったほうがいいよ。加島くんってば、自分は告った側だから、スモモのほうも自分のこと好きだなんて知らないんじゃない？」

うーむ……。そ、そうかな？

そういえばそんな気持ちを、詳しく打ち明け合ったりしてないや。

「今日は逆告白しちゃえば？　加島くんのこと大好きだよって。ジャマしないように、いい子にしてるから、会えるときは誘ってねって」

うー……。

「ユメちゃんみたいに、可愛く言えないもん。それに、そんなこと言って面倒くさいって思われたらヤダし……」

ボソッと呟く。

「思わないって。ヤツはきっと喜ぶ！」

そうかな、そうだったら、うれしいな。

照れくさそうな笑顔が浮かんだ。

「ライブの盛り上がりに便乗して、頑張っちゃいなよ。今日来てくれるんでしょ」

「うん。ちょっと遅れるって言ってたけど、必ず来るって。へへ」

逆告白なんてできるかどうかは別として、久しぶりに加島くんに会えることにドキドキしてきた。

初デートだもん。楽しみすぎる。

ふたりでどう過ごすのか、ずっと夢みたいに想像しているんだ。

ライブでは、はぐれないように手をつないで盛り上がって……。

そのあとは、ふたりでご飯。クリスマスに会えなかったから、デザートは小さなケーキでお祝いしたりして……。

それから夜道をふたりで帰る。星がいっぱい出てるといいな。

なーんて、えへへ、早く、会いたい……。

だけど加島くん、合宿はどうだったのかな？　あんなにとっつきにくい人だけど、大丈夫だったのかな？

ときどきもらう短いメールじゃ詳しいことはわかんなくて、早くいろんな話を聞きたかった。

気がつくとリハーサルは終わっていて、ドリアンチョッパーの面々はステージの中央に集まっている。

最終の打ち合わせをやっているみたい。

それも済んだのか、しばらくすると高梨くんがステージからおりてきた。

「涼が話したいみたいだぜ」

ユメちゃんに、そう笑いかける。

うれしそうに飛んでいくユメちゃんのうしろ姿を眺めながら、高梨くんは言った。

「本番まで、まだだいぶ時間があるから、なんか軽く食っとこうってなってさ。スモモ、買いだし付き合ってよ」

「うん、いーよ」

振り向くと、ステージの隅で坂田くんとユメちゃんがしゃべってるのが見えた。

いつも仲いいなぁ。

「『今夜はお前のために歌うよ』とか言ってんだぜ。キモイヤツだよな」

高梨くんが笑う。

「あはは、高梨くんは言わないの？　そーゆーこと」

「……たまに言う」

「ふーん、いいね」

わたしがそう言ったら「ふーん、いいね」って口真似をされた。

「なにそれ？」

「なんか適当な返事だなーと思って。スモモの眼中には、もう俺はいないのかな？」

「へ……？」

なんで、そんなこと言うの？　フラれたのは、わたしだよ。

「高梨くんの眼中に、わたしがいなかったんでしょ？」

軽くたしなめるように訂正しておく。

並んで歩くと、高梨くんはやっぱりすごーく背が高い。

その横顔をそっと見上げたら、彼は優しい目をしてこっちを向いた。

「それは昔の話。もう、いなくないから」

それから急に腰をかがめて、わたしの顔を覗き込む。

「中に映ってんでしょ？　スモモの顔」

「う……ん」

茶色っぽいきれいな瞳の中に、自分の顔がキョトンと映っている。

顔が近くなって、なんか、ドキンとした。

すぐに背を伸ばして、また歩きだした高梨くんが、前を向いたまま言った。

「もう一度、スモモのチョコがほしいんだ」

「チョコ？」

「バレンタインに、本命のやつ」

「え……」

どちらからともなく足を止めたのは、ちょうどそのとき目的のコンビニの前についたから？　かな？

「あの……」

「今度はちゃんと受け取るから」

振り向いてまっすぐにわたしの目を見つめる。

と、高梨くんはそう言い残して、先に店の中へと入っていった。

こ、これって、告白……？

いや、まさか、そんなはずがない。

一回フラれているんだし、モテ男の彼が、わたしなんかにそんなことを言うわけがない。

からかわれたのかな？　いや、でも……。

遅れて店内に入り、買い物をする高梨くんの様子をチラチラとうかがう。

彼は何事もなかったようにパンをカゴの中へ、無造作にポンポコ放り込んでいた。

店を出て歩きだした彼に、思いきって切りだしてみる。

「あ、あの、付き合ってる人がいるんだ、わたし」

「え？」

「だから、本命のチョコは、もうあげられないの」

カン違いだったら、ただの打ち明け話のノリでいこうと考えてたのに、焦ってガチで断ってしまった。

高梨くんは足を止め、静かにわたしを見おろした。

半開きの口がゆっくりと動きだす。

「それって、もしかして……加島晴人？」

「あ、うん」

フルネームを言い当てられたから、驚いた。

「やっぱ、そっか。なんか、そんな気がしてたんだよなぁ」

ひとり言みたいにそう呟くと、高梨くんは無造作に髪をかき上げ、頭をかいた。

「だけどまさか、もう付き合ってるとは思わなかった」

「ゴメンなさい」

少しかしこまって頭を下げる。

それでも高梨くんは、変わらない優しい笑顔を向けてくれた。

「なに？　みんなには、内緒で付き合ってんの？」

「うん……。加島くん騒がれるの苦手かなと思って。ほら、ペースを乱しちゃって、タイムとかに影響あるとイヤだし」

モソモソと説明するわたしを、高梨くんはじっと見つめていた。

「俺、今夜のライブをスモモに捧げる」

「え？」

「全身全霊、スモモのためにギターを弾くから」

「高梨くん」

「だから一応さー、それを見てから断ってくれる？」

最後はちょっと冗談っぽくそう言って、高梨くんは笑った。

それからわたしの頭をコツンとやると、彼はまた歩きだしたんだ。


そうして始まったドリアンチョッパーのライブは、すごい熱気だった。

地下にある小さなホールにいっぱいになった観客のほとんどは、同世代の子たちで、どの顔もみんな生き生きと輝いて見えた。

変わる照明の色に、きらめく汗。

目にもとまらぬ速さで、ギターをかき鳴らす指。

あおる旋律。

坂田くんのシャウト。

ステージと客席がひとつになって、大きなパワーが生みだされる。

そして……。

ライブ中、何度も高梨くんと目が合った。

何フレーズか、ずっとわたしを見つめたまま演奏してくれたりもして。

もちろん、そんな経験初めてだし、すっごくドキドキしたよ。

普段からイケメンだけど、ステージ上の高梨くんは五割増しぐらいに、かっこよかった。

だけど……。

この熱気の中で、わたしの意識はやっぱり、まだここへついていない人のもとへと走っていた。

来ないなぁ……。忘れちゃったのかなぁ。

加島くん、遅れちゃって、今あわてて向ってくれてるんじゃないかとか、チケットをなくして場所がわからないんじゃないかとか、道に迷って困っているんじゃないかとか……。

メールや電話も気にしていたけれど、結局、加島くんからの連絡はないまま、ライブは終わってしまった。

どうして……連絡くれないの?

ドリアンチョッパー初の単独ライブは大成功をおさめ、その余韻を残したまま、テンション高めの観客たちがはけていく。

こんなに人がいっぱいいるのに、加島くんはいない。

『大丈夫。絶対に行く』

電話で力強くそう言ってくれた彼の声がよみがえった。

どうして……来てくれないの？

バンドのみんなは知り合いのライブハウスということもあって、このまま仲間内だけで打ち上げパーティーとなるらしい。

「スモモも加島と一緒に参加な」

坂田くんが参加人数に入れてくれたけれど、加島くんがいなければわたしには意味がない……。

もう一度連絡をしてみようとスマホを取りだしたとき、

「スモモ、ちょっといいか？」

と声がかかった。

高梨くんが、ステージ脇の出入り口を目で指している。

彼のあとをついて部屋を出て、通路の奥にふたりで向かい合った。

「どうだった？　ライブ」

「え。あ、うん……すごく熱かった。みんな、またうまくなったよね」

あわててそう答えると、高梨くんはうれしそうにうなずいた。

「どう？　ダメかな、俺」

高梨くんの声のトーンが変わる。

告白の件だ。

「ゴメンね、わたしやっぱり……」

本当の気持ちを伝えるしかないから……。

「加島？」

コクンとうなずく。

「あーあ、やっぱプリンスには、かなわねーのか。一応こっちも、世界目指してんだけどね」

やわらかい話し方だった。

「ゴメン」

ペコンと頭を下げる。

でも、すごくうれしかったよ、高梨くんの気持ち。

「気にすんな。スモモからチョコをもらったときに軽く流しちまったのは、俺なんだから」

なにを言ったらいいのか、わからなかった。

「あのね、高梨くん、前に『手ぶらでいるのも、いいもんだ』って教えてくれたでしょ？　あの言葉に今でも助けられてるよ」

「ああ……」

茶色い目が少しだけ笑った。

「なぁスモモ、お前の気持ちはわかったけどさ、ライブ頑張ったごほうびに、一分間だけ俺にくれる？」

「え、いいけど」

よくわからないままうなずくわたしを、高梨くんはいきなり胸に抱きしめた。

え……!?

「いつも一生懸命なスモモが、可愛くて好きだった」

「……」

ゴメン……ね。

「頑張れよ」

「……うん」

「いつか、お前の世界もちゃんと見つけられるから」

「うん」

それだけ言うと、彼は少し体を離し、わたしの頭に大きな手をポコンとのっけた。

いたずらっぽい瞳が覗き込む。

「もしもプリンスがお前のことをわかってくれなかったら、俺に乗り変えろ」

内緒話みたいに耳もとでそうささやくと、高梨くんはバンドのみんなのところへと戻っていった。

最後まで、かっこいいままでいてくれるんだね。

振り向かずに去っていく長身の背中を見送りながら、なんだか涙が出そうになっていた。

気持ちを抑えきれなくて、というハグではなかった。

高梨くんの胸はあったかくて、そっと添えられた腕の中で、いろんなものをもらった気がした。

〝好き〟っていう気持ちの代わりに、『頑張れよ』って、『それでいいんだよ』って、伝えてくれたの？

好きになってくれて、ありがとう。

優しくしてくれて、ありがとう。

ゴメンね、高梨くん。

高梨くんをフるなんて、きっとわたし、十年早いよ。

こぼれたひと粒を指でぬぐったとき、ふと人の気配を感じて、うしろを振り返った。

「あっ、加島くん」

わぁ、やっぱり来てくれたんだ……！

おそらく、合宿先からそのまま来たんだと思う。

ダウンジャケットにデニムとスニーカーというういでたちの彼は、大きめのスポーツバッグを肩から下げていた。

「……」

「ライブね、さっき終わっちゃったの。でも、打ち上げやるみたいだから。加島くんも一緒に行こうっ！　なんか食べるものも出ると思うし」

「……なに？」

「え？　唐揚げとかフライドポテトとかだと思うけど、加島くん、お腹すいてる？　だったらふたりで、なにか食べにいく？」

高梨くんにも悪いし、そのほうがいいかもしれない。

「……じゃなくて、今のなに？」

すごく硬い表情をしている。

「え？」

「高梨と抱き合ってた」

そう言った加島くんの声が、低くこわばっていた。

いつもぶっきらぼうな言い方をするけど、そうじゃなくて、そういうんじゃなくて、怒りを押し殺したような……そんな雰囲気。

さっき、抱きしめられたの、見られちゃったんだ。

えっ、どうしよう……。

「ち、違うの。あれは……えっと、なんでもないよ」

「なに、焦ってんの?」

黒い瞳が突き刺すように、わたしを見る。

加島くんが怒ってる。

それだけでバクバクと動悸がしてきた。

ど、どうしよう。

ちゃんと説明しなくちゃ。

「違うの。そういうんじゃないの」

「じゃ、なに?」

突き刺す視線を逸らさずに、加島くんはわたしの次の言葉を、次の表情を待ちかまえている。

「えっと、ラ、ライブ頑張ったごほうびっていうか……」

うわ。ごほうびなんて言い方、変だよ。彼氏でもないのに。しかも、抱きしめられるのがごほうびだとか……。

言ってからそう思う。

「は？」

違うか、えっと……告白されたって言ったほうがいいのかな？

そ、それとも、高梨くんは誰にでもあんな感じだって言う？

そうだ。ライブのあとで、興奮していたって。いや、そ、そんなの理由にならないかな？

「えっと」

本当のことを話したほうが誤解されちゃう気がして、一瞬、戸惑う。

「えっと……」

「あれ？　スモモちゃん、もう打ち上げ始まってるよ～。早く早く！」

ちょうどそのとき、ホールのほうから出てきた女の子に声をかけられた。

たしか、ドラムの子の彼女だ。

前に一度、一緒にカラオケに行ったことがある。

「高梨くんがお待ちかねだよ～」

なんて、なぜか冷やかされた。

「た、高梨くんとはそういう関係じゃないしっ」

思わず大声で否定すると、彼女は「ウソだぁ」と意味深に笑う。

「だって高梨くん、バラードのときなんか、スモモちゃんのこと見つめっぱなしで弾いてたじゃん。こっちまで、ドキドキしちゃった」

　そこでやっと加島くんに気づいたのか、その子は「お、プリンスだ」と低く呟き、「知り合い？」とわたしに聞いた。

「うん。同じクラスなの」

　即答した返事を聞くか聞かないかで、彼女はトイレのほうへと走っていった。

「へー、言わないんだ？　俺たちが付き合ってること」

　加島くんが冷たい顔をして、ちょっと引っかかる言い方をする。

「それはっ、加島くんがそうしようって」

　付き合ってることをみんなに言わなくていいって言ったのは、加島くんでしょ？

「隠そうだなんて言ってないよ、俺はべつに」

「だって、わざわざ公表することないって言ったでしょ？　マスコミの人にも『彼女なんかいません』って言うから、バレたらダメなのかと思って……。ホントは、わたしのほうが、みんなに話したかったんだよ？」

　クラスの子たちから祝福されたり冷やかされたり、そういうのに憧れてた。

　隣には照れくさそうに笑う加島くんがいて……。

　そんなシーンを想像したりしてたもん。

「イヤがらせが心配だから、思わずそう言ったって、説明したよな」

　加島くんは目を逸らさずに話を続ける。

「でも、わたしは……、加島くんは騒がれたりするの迷惑なのかと思ったから、陸上頑張ってんのに足を引っぱりたくなかったから……、だからみんなには黙ってたの。ホントは話したかったけど、ガマンしてたんだよ？　それなのに、そんなこと言われたら、悲しい」

　なんだかムキになって、言い返してしまった。

　加島くんは、そんなわたしをやっぱりじっと見ていて……。

「逆ギレ？」

　と突き放すように聞く。

「ひどい。そんな言い方……」

「……」

「た、高梨くんとはホントになんでもなくて、告白されたけど、さっきちゃんと断ったから」

　泣きそうになるのを必死でこらえて、そう言った。

　やっぱりホントのことを、話したほうがいいよね。

「それが、なんで抱き合ってんの？」

だけど、加島くんの表情は冷ややかなまま変わらない。

「抱き合ってたんじゃなくて、あれは高梨くんが、急に……」

「立木さんだって、イヤがってるようには見えなかったけど、全然」

だって、イヤじゃなかったもん……とは言えなかった。

高梨くんは優しくて、わたしが断っても怒らないで笑いかけてくれて、こんなふうに責めたりしなかったもん。

だから、抱きしめられても全然イヤじゃなかった。

だけどそれは、加島くんを思う気持ちとは次元が違うってこと、どう説明したら信じてもらえるのか、わからない。

黙ってうつむいて考えていると、加島くんが小さく息をつくのが聞こえた。

「アイツのほうがいいの？」

降ってきた言葉にハッと顔を上げて、首をブンブン横に振る。

「だったら、抱きしめられたりすんなよっ」

静かにくすぶっていた炎が燃え上がるように、加島くんが大声を上げた。

「だ……って」

もうダメ。

両目から涙が音もなくあふれだしてきて、声を上げないように両手で口を押さえるのが精いっぱい。

今日のこと、あんなに楽しみにしていたのに。

ふたりで過ごせることが、ホントにうれしかったのに。

いっぱいいっぱい妄想してたのに……。

加島くんの怒った顔が悲しかった。

「こーゆーことだよな」

長い沈黙のあと、加島くんがひとり言みたいに呟いた。

「なに……が？」

喉がまだ、しゃくり上げている。

「合宿で一緒だった強豪校のヤツらは、男女交際禁止が当たり前なんだって。恋愛すると、振り回されてペース乱されて、陸上に専念できなくなるからって」

そ……れ、どういう意味？

わたしのせいで、陸上に専念できないってこと？

「そんな……わたし、加島くんのジャマしないようにちゃんと……」

そこは、わたしが一番大切に考えてきたところだから、わかってほしかった。

いつだって、加島くんのことを最優先にしてきたつもりだもん。

さびしいなんて言わなかったよ？

会いたいなんて……言わなかったよ？

加島くんの練習のペースを崩さないように、ずっとガマンしてたもん。

さびしかったのに、会いたかったのに、いつもガマンしてたもん……！

だけど……。

加島くんは言ったんだ。

「誰のせいだって話じゃないよ。だけど、こういうふうにモメてること自体、すでに相当、乱されてるわけだよな？　事実、合宿に参加してみなぎっていたヤル気が、もはやゼロだし」

冷たく言い放たれた言葉がショックすぎて、頭がうまく働かない。

わたしと付き合うこと自体が、加島くんにはマイナスだって言うの？

それじゃあ、わたしはどうすればいいの？

心ない言葉に、ただ涙だけがさらにどんどんあふれてくる。

両手でギュウッと押さえても、口から嗚咽が漏れてしまう。

――バッシーン！

そのとき、大きな音がして、一瞬フラッと加島くんがのけぞった。

「ちょっとっ！　スモモが、いつもどんだけアンタの都合ばっか考えてきたのか、わかんないの？」

叫ぶようにそう言ったのは、ユメちゃんだった。

目を見開いて立ち尽くし、涙をダバダバ流しながら硬直してるわたしを、ユメちゃんはしっかりと抱きしめてくれた。

ユメちゃんの〝口撃〟が加島くんめがけて矢継ぎ早に飛んでいく。

「なに、その自己中な言いっぷり。だいたい、こんなにほったらかしといて、付き合ってるって言えるの？」

……加島くんの返事はない。

「しかも女の子を怒鳴りつけるとかサイテーだからね。信じらんない」

『だったら、抱きしめられたりすんなよ』って、さっき加島くんが怒鳴った声を聞いて、ユメちゃんは飛んできてくれたみたい。

でも、その声の内容はわからなかったのか、高梨くんのことがきっかけでケンカになったことは知らないらしい。

「スモモが、なにしたの？　遅れて来たアンタが悪いんじゃないの？」

加島くんがライブに間に合わなかったことで、わたしたちがケンカになったと思ったようだ。

「今、恋愛すると陸上に専念できなくなるって言ったよね？　じゃあ聞くけど、スモモと付き合って、加島くんの練習時間が減ったの？　食事の時間や、夜寝る時間が削られたの？」

「いや、それはない……」

ボソッと加島くんが答える。

「それがないのは、全部、スモモがガマンしてるからだって、なんで、わかんないのよっ」

「え」

「付き合ってるんでしょ？　学校帰りにお茶したり、休みはデートとかしたいに決まってるじゃない。今日だって、スモモがどんなに楽しみにしていたか……。どの服着ていったらいいかって、どんだけ相談されたと思ってんのよ」

そう言ったユメちゃんの声まで涙ぐむ。

「こんなんじゃ……スモモがかわいそうだよ」

ユメちゃんはそう言うと、もう一度わたしをギュッと抱きしめてくれた。

「……ゴメン。無理だ、俺」

ユメちゃんの腕の中で固まっていると、しばらくして、ボソッとひと言だけ、そう聞こえた。

加島くんが帰っていくのが気配でわかる。

え……ど、どういう意味？

無理……ってなに？

イヤだよ、加島くん。

心臓がバクバクと苦しくて、喉の奥が熱い……。

狭い通路をそのまま行くと、地上に出る階段へとつながっている。

だけど……ユメちゃんの腕の中から飛びだして、加島くんを追いかけ、今の言葉の意味を質す勇気は、もうわたしには残っていなかった。

胸にギューッと、なにかを押し込まれたようで、世界中が……まっ暗になる。

もうイヤだってこと？

わたしと付き合うのは、もう無理だってこと？

「今夜はイヤなこと忘れて、パァッと騒ごっ！」

ユメちゃんはそう誘ってくれたけど、もうそういう気分では全然なくて……。

お祝いムードのみんなにも悪いし、わたしはひとり、ライブハウスをあとにした。

誰もいない暗い通路の奥で
あの子がアイツに抱きしめられていた
大きな手が華奢《きゃしゃ》な肩に回され
長い指が柔らかな髪を絡めながら
白いうなじに触れるのを見て逆上した
……最低だな、俺

足りない言葉

数時間前。

【Side 加島】

どこかの大雨で新幹線が大幅に遅れ、目的のライブハウスについたのは、もう終演間近だった。

このあたりでは一番の都会となるこの繁華街の裏通り。

地下のホールへと通じる階段を駆けおりながら、俺は額の汗をぬぐった。

駅から走ったのは、坂田たちのバンドのライブを見たいからでは全然なくて。

『初デートだね』って笑ったあの子のもとに、早く行ってやりたかったからだ。

すいぶん遅れたから、もう怒っちゃってるかもしれない。

充電がヤバかったけど、途中で送ったメールはちゃんと届いただろうか。

受付で立木さんが取ってくれたチケットを渡して、中へ入る。

ドアを開けると、そこは別世界だった。

グワンと音が鳴り響き、色とりどりの光が跳ねる。

それよりも、なによりも、熱気がヤバい。

「スゲーな、これ」

正直ライブハウスなんて来るのは初めてだった。

立ち見なんだけど、ノリノリの観客たちが前へ前へと押し寄せるから、うしろのほうは案外スカスカだ。

入り口で妙に馴れ馴れしい店員に『荷物ジャマなら、コインロッカーあるから〜』って言われたけど、まぁいいか。

お……。

ステージ上で歌ってんのは、坂田か？

スゲーなアイツ。

メチャクチャうまいし。

坂田とは一年のとき同じクラスだったけど、おしゃれイケメンのわりには話しやすいヤツだった。

出席番号が近いから、なにかと同じ班になったけど、わりとマイペースで必要以上のことを言わないとことか、楽だったな。

それが、こーんな大勢の観客を熱狂させてるなんて、人ってわかんねーもんだ。

ビックリだ。

あ……！

ステージ右側の前のほうに、立木さんを発見。

まさか、こんな大勢の中で見つけられるとは思ってなかった。

でも、ちょうどそこだけステージを囲むようになっているから横顔がよく見える。

他の場所だと後頭部しか見えないんだけどな。

ラッキー。

ひそかにテンションが上がる。

照明に照らされて、立木さんの横顔は上気して輝いていた。

リズムをとっているのか、緩く束ねた髪の先がピョンピョン跳ねて可愛い。

もともとライブとか好きなんだよな。前もHR、サボッて行ってたみたいだし。

隣に行きたかったけれど、前のほうはギュウギュウ詰めで、たどりつけそうにない。

仕方がないから彼女と反対側の左のほうへと寄り、なるべく彼女の顔が見えるポジションを確保した。

ライブが終わったら、つかまえよう。

あ……。

アイツ。高梨だ。

坂田もかっこいいと思ったけれど、ギターソロで前に出た高梨も相当ヤバかった。

チッ、なんでアイツは、あんなに背が高いんだ。

この音、アイツが出してんだよな……。

しかも、高梨はやたらと立木さんのほうへ目をやる。

つーか、見つめてねーか？

ステージ上からそーゆーの反則だろ！

しかも、立木さんは熱い視線を受けて……なんだかポワンと、高梨に見とれていた。

……クソッ。

ラスト一曲、プラスアンコール二曲をやって、ライブは終了した。

最後までスゲー盛り上がりだった。

俺は音楽なんてわかんねーけど、アイツらが本気でやってんだってことは少しわかった。


会場に電気がともり、客が引いていく。

立木さんをつかまえようとステージのほうへ歩きだしたけど、退場する人の波に押されて逆行できない。

「しゃーねーなぁ。先に外に出てるか」

俺はいったん流れに身をまかせて階段を上がり、会場の外で彼女が出てくるのを待つことにした。

だけど、人がまばらになっても立木さんは出てこなくて……。

夢崎さんが坂田の彼女だから、一緒に残ってしゃべっているのかもしれない。

結局俺はもう一度階段をおりて、あの子を探しに戻ったんだ。

キョロキョロとホールの中を覗いてみたけど、立木さんはいなくて、そのまま脇の通路を歩いていく。

狭い通路の壁には機材が立てかけてあって、見通しが悪い。

その奥で、チラッと人影が動くのが見えた。

あ……。

人影は、立木さんだった。

こっちに背を向けて高梨としゃべっている。

げ、また高梨かよ。

ムカついて、そばへ行こうとしたとき……。

突然、高梨が彼女を抱きしめた。

え……？

高梨の大きな手が華奢な肩に回され、指が柔らかな髪に埋もれるように白いうなじに触れ、彼女を、自分のもとへと引き寄せる。

大きな手が背中をおりて、立木さんの腰に回された。

ふたりの体が重なる。

な……んだ、これ？

なんで、立木さんはされるままになってんの？

高梨がなにかささやくたびに、ヤツの腕の中で彼女はコクコクと小さくうなずいていた。

なにを……言われてる?

なにを……うなずいてんの?

『俺の彼女だ!』

『離せっ』

そう叫びたいのに、金縛りにあったみたいに動けない。

それから高梨は、彼女を間近で見つめ、耳もとで、なにかささやきかけると、優しく微笑んで去っていった。

それを目で追うように、彼女の体が横を向く。

立木さんはこぼれた涙を人差し指でそっとぬぐって、アイツの背中をずっと見つめていた。

それは……高梨に想いを打ち明けられて、感激している姿にしか見えなかった。

俺には、そうとしか見えなかった。

あれが告白でないなら、なんで、あんなふうに抱きしめる?

答えがOKでないなら、なんで素直に抱きしめられてる?

……そのあと聞いた彼女の言い訳は、全部ウソにしか聞こえなかった。

逆上した俺には、どうしても、そうとしか思えなかったんだ。

頭に血がのぼって、夢崎さんに叩かれるまで自分がなにを言ったのか、よく思い出せない。

だけど、相当ひどい言葉をあの子に浴びせたんだと思う。

大きく見開かれた瞳から、涙がはらはらと、いつまでも流れ落ちていた。

唇を押さえる指先が、かすかに震えていた。

……ゴメン。

泣かせてしまったのは、これで何回目だっけ?

俺が怒鳴ったとき、あの子の細い肩がビクッと震えたことだけは、はっきりと覚えている。


家に帰って、風呂に入って、ベッドに寝転んだ。

きっと、怖がらせたよな?

大の字になって、天井を見上げる。

頭ん中が、まっ白だった。

ゴメン、無理だ、俺……。

付き合ってるとは言えないような付き合い方だったけれど、あの子のことを諦めるなんて無理だ。

忘れるなんて、無理だ……。

終わってしまうなんて、無理だ……。

グルッと寝返りを打ってうつ伏せになり、枕に顔をうずめた。

死体のようになって、じっとする。

高梨に抱きしめられるあの子の姿が、闇の中に、何度も何度も浮かんでは消えた。

あのあとの打ち上げを、ふたりはどう過ごしたんだろう。ふたりでなにを話したんだろう……。

結局……お似合いなんだよ、あのふたりは。

もともとあの子は高梨のことが好きだったんだし、高梨だって、今はあの子を見ている。

放っておけば、きっとうまくいくはずだった。

俺が、先に告っただけだ。アイツの気持ちに、立木さんが気づいてしまう前に……。

まぁ、ちょっとしたズルだよな。

だけど、一〇〇m走るのとはわけが違って、先着順に勝利を手にできるってもんでもないらしい。

ズルしたツケは、回ってくるのか……。

『こんなんじゃ……スモモがかわいそうだよ』

夢崎さんの、半泣きの声がよみがえった。

立木さんがガマンしてくれていることで、俺たちの付き合いは成り立っていたのに。そんなことには気づきもしないで、『恋愛でコンディションを崩すのは自己管理が甘いからだ』とバカにしてた。

マジでバカだ。

本気でガキだ。

こんなんじゃ、高梨のほうがいいに決まっている。

合宿で体が疲れているはずなのに、目が冴えて全然寝つけなかった。

一睡もできないまま明け方になって、《ゴメン》とひと言だけ、立木さんにメールを送った。

涙でいっぱいになった大きな瞳が。

ビクッと動いた肩が。

かすかに震える指先が。

どうしても、頭の中から消えないんだ。

今も泣いているような気がしてしまうんだ……。

ゴメンな、立木さん。

泣かせてばっかりだよな。

翌日の……深夜になってから返信が来た。

《こっちこそゴメンなさい。今までどうもありがとう。大好きでした。これからも陸上頑張ってね！　加島くんは永遠にわたしの☆だよ》

星がキラキラ輝く、別れのメールだった。

あれからずっと……俺と続けるのか、アイツと始めるのか、悩んで出した、あの子の結論なんだろうと思った。

おそらく、高梨と付き合うんだろうな……。

《俺のほうこそありがとう。今まで楽しかった》

ぼんやりする頭で、ノロノロとそれだけを返信した。

部屋の隅にスマホを投げ捨てる。

ガチャッと、壁にブチ当たる鈍い音が、闇の中に吸い込まれていった。

あっという間に冬休みが終わった……。

休みの間、日々のトレーニングや長距離の競技会なんかがあって、結構忙しく過ごしていた。

なにも考えたくなかったから、それはそれで、ちょうどよかった。
そして、今日から三学期。
朝、教室に入ると、みんなガヤガヤと、もう通常モードに戻っている。
まるで、冬休みなんかなかったみたいに。
ちらっと、思わず教室の中央に目をやった。
立木さんが来ている。
可愛い顔。
いつものように隣の夢崎さんと普通にしゃべっている。
普通に……。うん。
あのライブの日以来、初めて見る姿だった。
連絡は、あの〝☆〟のメールを最後に途切れた。
もう……高梨と付き合ってるんだろうか？
「……！」
不意に立木さんが顔を上げて、マトモに目が合った。
ドキッとして、一瞬、動けなくなる。
サッと、先に目を逸らしたのは立木さんのほうだった。
そりゃそうだ。

気まずい思い出だろーし……。

教室で目が合うと、いつもあの子はニコッと笑ってくれて、俺はそれがスゲーうれしかったってことを思い出して苦しくなる。

あの笑顔は、もう俺へは向けられないんだな……。

そんな当たり前の現実に、かなりヘコむ。

バーカ。

だったら、あんなあっさり別れずに、もう少し粘ればよかったんだ。

いや……そんなことをしても彼女を苦しめるだけだろ？

結局、思いはいつも、そこで停止する。

あんなに悲しそうな顔を、もうさせるわけにはいかない。

それなのに、立木さんをチラ見するクセが抜けなくて、休み時間はなるべく机に突っ伏して、死体と化して過ごした。

そんな日々が二、三日過ぎた頃……。

「……っと、ちょっと加島くんってば」

昼休み、弁当を食ったあと、いつものように机に突っ伏してると、肩をポンポン叩かれた。

顔を上げると、同じ陸上部の松山が難しい顔をして突っ立っている。

「新しい顧問が来るらしいよ」

眉をひそめて、松山は言った。

「え？」

「陸上の有名校で教えてた先生だって。吉崎先生と顧問、代わっちゃうのかな？」

いつになく情けない声になっている。

「その話なら、福本先輩が阻止してくれたんじゃないのか？」

掛け合ってくれると聞いてはいたけれど、そのあとの結果は、まだ聞いてなかった。

「福本先輩は今、大学の練習に合流していていないんだって。新キャプテンが電話したら、『教頭に要望は出してあるから、大丈夫だ』って言われたらしいけど」

困惑気味に松山が続ける。

「じゃあ、俺が吉崎に聞いてみるよ」

「え、直接？」

「うん。ちょうど相談したい話もあるし」

「相談って？」

「いや、べつに……」

放課後、部活に行く前に職員室に立ち寄ると、顧問の吉崎はちょうど出かけるところだった。

「話したいことがあって……」

俺がそう言うと、「ほー、めずらしいな」と顧問は緩い声を出した。

「すまん。今から用事で出かけなきゃなんないから、明日でもいいか？」

明日の午後は担当の授業がないから、ひとり数学教務室にこもって事務仕事を片づけるらしい。

「昼休みにでも顔出せよ」

「はい」

うなずく俺の肩にポンと手を置いてから、吉崎は去っていった。


「加島」

そのまま校舎を出て部室へ向かう途中、誰かに呼びとめられた。

「ちょっと顔貸してくんない？」

長身で、無造作ヘア。

途中まで開いた学生服の間から、やけにポップな柄のシャツが覗いている。

「誰？」

スゲー不機嫌に、睨みつけてやった。

「あ、俺、高梨俊介」

知ってるっつーの。

「なんの用?」

ムスッと聞く。

「スモモの件だよ。わかってんだろ、バカ」

逆に言われた。

クソッ。もう俺のもんだ、とか言われんのか?

「コーラおごるわ」

返事も聞かずに、高梨はすぐそこの自販機まで歩きだす。

「俺、いらねーから」

ポケットから出した小銭を、もう投入口に入れようとしている高梨に俺は言った。

「今から部活だし」

「あー、たしかに」

そう呟くと、ヤツは自分の分だけ缶コーラを買った。

「まー、立ち話もなんだし」

とか言って、脇のベンチにもう座っている。

しぶしぶ俺も、ヤツの隣に腰をおろした。

「つーか、スモモとどーなってんの？」

長い足を大きく開いてベンチに座り、高梨はプシュッとコーラを開ける。

は？　知らねーのかよ。まだ付き合ってねーのか？

「なんで、お前に言う必要があんの？」

ムカついて突っかかると、ヤツは平然と言った。

「俺も当事者だから」

ム……。

「別れたらしいって聞いたけど、マジか？」

さらにムカつくことに、そう聞き直された。

それを俺に聞くってことは、やっぱりまだ付き合ってないのか……？

つーか、俺たちが別れたら、もう一度、告るつもりか？

いや、結論を出すまで待ってって言われてるとか？

しぶしぶ二cmくらいうなずくと、ヤツは「ふーん、別れたんだ」と俺を見る。

「どっちから？」

どっちから……？

俺が《ゴメン》ってメールして……彼女から、《今までありがとう》と返ってきた。

俺と別れて、高梨と始めるのか。

高梨を諦めて、俺と続けるのか。

立木さんのことだから、それはおそらく泣きながら、長時間悩んで出した結論なわけで……。

だから、やっと送られてきた彼女の結論を、俺は黙って受け止めようと思ったんだ。

もう、あの子が悩まなくてもいいように。

「メールが来たんだ。『今までありがとう』って」

ひとり言のように、俺は高梨に告げた。

「は？　それで終わり？」

「うん」

「お前は、それでいいの？」

「うん」

「もういらねーの？　スモモのこと」

うん、とは言えなかった。

でも……。

「あの子がお前を選んだんだから、こっちは引くしかないだろ」

ゴネて苦しめたくはない。

俺がそう言うと、高梨は「へぇ」と大げさに驚いてみせた。

「スモモは、俺を選んだんだ？」

え？

「……違うのか？」

思わず聞いたら、あっさり、かわされた。

「さぁね」

「俺に別れを切りだすってことは、そーゆーことだろ？」

「そんなこと、スモモに直接聞けばいい」

ム……。

だいたい俺は、なんでコイツにこんな打ち明け話をしているんだ。

バカバカしくなってベンチから立ち上がり、高梨を睨みつける。

「もういい？」

ヤツは俺の言葉なんかシカトしてコーラを飲み干し、それから俺を見上げてボソッと言った。

「お前なぁ、メール一本送っただけで、カッコつけてんじゃねーぞ」

それからゆっくり立ち上がると、今度は上からギュッと、俺を見おろす。

「こんな大事なことなのに、なんでスモモの気持ち、ちゃんと聞かねーの？」

「立木さんが悩んで出した結論なら、俺は……」

「お前は、頭ん中で丸くおさめてるだけで」

ドゴッとグーで胸を突かれ、突然のことによろめいた。

「心が足りねーんだ」

ヤツの目が、まっすぐに俺を見ていた。

「まぁ、勝手に自滅しとけば？」

スッと視線を外して、高梨はコーラの缶をゴミ箱にポーンと投げた。

そうして、そのまま立ち去るのかと思いきや、まだその場を動かない。

「あのさぁ……」

高梨が、ハーッとひとつ、息を吐いた。

「アレはわざとだ、加島」

ヤツの茶色っぽい瞳が、また俺の目の中を覗き込む。

「え？」

「あの晩、ライブハウスの通路の奥でスモモを抱きしめたのは、お前が来たのが見えたからだよ」

「は？」

「ちょっとお前を揺さぶってやろうとか、とっさに思っちゃったわけ」

「なん……だ、それ？」

「お前が動揺して暴言を吐くか、自滅しちまえばいーなーって思ったんだよ」

高梨の言葉を、脳みそがじんわりと理解していく。

「……テメー、なに言ってんだよ」

思わず、飛びかかって胸ぐらを掴む。

しばらくもみ合って、それから長身の高梨に振り払われた。

「おかげさまで、こーんなうまくいっちまって、後味わりーから自白しとくわ」

同情するような笑みすら浮かべ、そう言い残すと、高梨は去っていった。

その背中を呆然と眺めながら、俺は誰に怒りを向ければいいのかわからなくなる。

高梨に？

いや、自分自身に……？

別れを決めたのは、あの子なのに。

アイツを選んだのは、あの子なのに。

俺はなにかを、間違えたのか……？

走る加島くんの目には映らなくても
彼のスイッチがオフになったとき
そばにいられたらいいな、と思ってた
強い眼差《まなざ》しがフッと優しくなって
笑ってくれたらうれしいな、と思ってた……

望んではいけないことを望んでたんだ……。

ひたむきに走る加島くんのそばにいたかった。

頑張る加島くんを見ていたかった。

だけど、わたしがそう望むことが、加島くんの負担になるなんて……。

ライブの帰り、ひとり夜道を歩きながら、ずっとそのことを考えていた。

もう涙は乾いていて、しんと静まった夜空には、三ツ星がキラキラと光っていた。

強化合宿に参加していた他の人たちは、みんな男女交際を禁止されてるって……。

振り回されて陸上に専念できなくなるからって……。

『こーゆーことだよな』と加島くんは言った。

みなぎっていたヤル気が、わたしのせいでゼロになっちゃったって。

……わたしは、自分が加島くんのジャマをしているなんて知らなかったよ。

加島くんの大切な景色を壊してしまう側の存在だったなんて知らなかったよ。

それが……涙が出るほどつらい。

加島くんの心の隅っこに、そういう思いが隠れていたことなんて……。わたし、全然知らなかったんだよ……。

それどころか、自分が加島くんの景色を守ってあげるんだ、なんて思っていて……。

笑っちゃうよね？

誤解なら、いいんだ。

解ければそれで、なんとかなる。

高梨くんとのことは、諦めずに説明を続ければ、加島くんだって、わかってくれるはずだ。

もし自分でうまく伝えられなくても、ユメちゃんや坂田くんに相談したら、きっと助けてくれる。

だって、あれは、ただの誤解だから……。

だけどわたしが、陸上でトップをいく彼の負担になるということは、誤解でもカン違いでもなくて、きっとどうしようもない事実なんだ……。

家に帰ると、リビングにテレビのニュースが流れていた。

今夜はどこかの豪雨で新幹線が立ち往生したと、アナウンサーが告げている。

長時間不通になったあと、運転が再開されてからもダイヤが乱れて、相当大変だったみたい。

加島くんはきっと合宿の帰り、それに巻き込まれて遅くなったんだ。

乗客の人たちのゲッソリと疲れきった表情が、画面に大きく映しだされていた。

インタビューされた若いサラリーマンが『とにかく早く家に帰って、風呂入って、寝たいッス』とこぼしていた。

そんな思いをしながら、加島くんはライブ会場に駆けつけてくれたんだね。
疲れているのに、やっぱり無理をさせちゃっていた……。
そうして……せっかく会えたのに、ケンカしただけで終わっちゃった。
もっと話したかったな。
加島くんの話を、いっぱいいっぱい聞きたかった。
合宿は、どうだったの？
ライブで一緒にリズムに乗ったり、手をつないで帰ったりしたかった。
どうして、こんなことになっちゃったの？
初めてのデートだったのに。
楽しい一日になるはずだったのに……。
加島くんの声が聞きたい。
加島くんに笑ってほしい。
加島くんに……会いたい……よ。
だけど……わたしがそう望むことが、加島くんの足を引っぱってしまうの……？
彼は普通の高校生とは、違うもん。
日本一の記録を持っていて、でも、もっともっと速く走りたくて、ずっとずっと努

「はぁ」

力を続けている人だ。

心の中に、静かに燃える夢を持っていて、それを掴もうと、まっすぐに手を伸ばしている。

手にした夢は、また新たな夢を生んで、加島くんの前には、果てしない未来が広がっているんだ。

そして、背後からは、彼を追うランナーたちが迫りくる。

そんな世界に生きている人だ……。


その夜、一睡もできずに、わたしはただ、ベッドに横たわっていた。

窓の外が白む頃、彼からのメールが届いた。

《ゴメン》

と、ひと言だけ……。

体を起こして膝をかかえ、その文字をじっとじっと見つめる。

たぶん、ケンカのことだよね。

言い合いになってしまったことを気にしてくれているんだと思った。

だけど、今のわたしの心には、その言葉足らずな《ゴメン》が、たくさんの意味をまとって沈んでいく。

《ゴメン、もう付き合えない》

《ゴメン、もう終わりにしたい》

《ゴメン、もう好きじゃない》

ユメちゃんの腕の中で聞いた加島くんの声が、暗闇によみがえった。

『……ゴメン。無理だ、俺』

あれは……そういう意味だったの？

他の男の人に抱きしめられてイヤがらなかったわたしを、彼はもう、信じられないのかもしれない。

こんなにも振り回されるなんて、想定外だったのかもしれない。

陸上に専念できなくなると、悟ってしまったのかもしれない。

もしも、それでも、わたしたちが仲直りをして、付き合い続けることができたとしたら……。

それは……加島くんが『無理』を続けていくということだ。

夢の妨げになるのを承知で付き合うということだ。

そんなんで、わたしは……ちゃんと、やっていけるの？

彼が陸上ひとすじに打ちこめるように、どんなふうに付き合えばいいの？

これ以上なにをガマンすればいいの？

そんなこと、わたしにできるの？

できなかったら、彼はどうなっちゃうの……？

ずっとずっと考えて、いっぱいいっぱい悩んで……加島くんに返信した。

一番守りたいものを、どうしても守りたかったから。

走る加島くんの景色を、壊したくないよ。

一番最後まで残った気持ちは、たったひとつ、そのことだけだった……。

《こっちこそゴメンなさい。今までどうもありがとう。大好きでした。これからも陸上頑張ってね！　加島くんは永遠にわたしの☆だよ》

加島くんは永遠に、わたしの☆だよ……！


新学期。

久しぶりに彼に会えるということに、やたら緊張していた。

朝、教室につくと加島くんはまだ来ていなくて、わたしは隣の席のユメちゃんと話しながら、入り口のほうばかりが気になって仕方なかった。

あ。少し髪を切ったのかな？

ちょっと短髪になった彼が教室に入ってきた。

気持ちが吸い寄せられているのに、それをごまかすようにユメちゃんと話を続けている。

しばらくして、ふと顔を上げると、思いっきり目が合った。

わ。

思わず、サッと逸らす。

だって、どんな顔をしたらいいのかわからない。

加島くんの黒いまっすぐな目は、全然変わっていなかった。

心臓がドキドキしている……。

ダメだな、わたし。

冬休みの間にある程度、自分の気持ちにケリをつけたつもりでいたのに。

これじゃあ……むしろ、以前よりももっと想いが募っているみたいだった。

翌日からは授業も始まり、もうみんな、すっかり本来のペースを取り戻している。

わたしだけが置いてきぼりか……。

休み時間の加島くんは、大好きな陸上雑誌も見ずに机に突っ伏して過ごすことが多くなった。

練習、ハードなのかな？

疲れてるのかもしれない。

そんな彼の姿をどうしても目で追ってしまい、目が合って、あわてて自分から逸らす、なんてことを繰り返していた。

きっと、すごく感じ悪いよね……。


新学期が始まって、三日目の放課後。

「ねぇスモモ、前みたいに二階の窓から、ちょっとグラウンドを覗いてかない？」

急に、ユメちゃんにそう誘われた。

え？

ユメちゃんは、わたしの返事も待たずに歩きだす。

「あの……？」

「いーから、いーから」

ユメちゃんには、加島くんと別れたことは、もうとっくに報告してある。

あのままメールだけで終わらせてしまったことも、彼からの反論はとくになかったことも……。

いつもの窓辺に立ち、部活中の加島くんを目で追った。

ここからなら目が合うことはないし、思いっきり見ていられる。

やっぱ、走っている加島くんはいいな。

他のなにからも解放されて、ただ前だけを向いている感じがする。

「まだ好きなんでしょ？　加島くんのこと」

並んでグラウンドを見ながら、ユメちゃんがそう聞いてきた。

「すぐには……無理だけど、でも忘れるつもりだよ」

いびつな笑顔を作って、自分に言い聞かせるように答えた。

「忘れらんないよ、スモモは。加島くんの陸上のために別れるつもり？　加島くんに言われたことを気にしてるんでしょ」

「……」

『女の子と付き合うと、陸上に専念できなくなる』ってライブの晩に加島くんから言われた言葉。

それを、ユメちゃんもしっかり覚えていて……で、すごく怒ってくれていた。

だから、別れたことを電話で報告したときも『正解だよ、それ。あんな勝手なこと言うヤツ』なんて言われちゃって、わたしも『そーだね』とか強がってみせたっけ。

だけど、新学期が始まっていつもそばにいて、ユメちゃんには、わたしのホントの気持ち、バレちゃったみたい……。

「わたしも涼と別れようと思ったことあるよ」

小さな沈黙のあと、ポツッとユメちゃんが言った。

「え？」

「学校以外でもバンドの人気が少しずつ出だして……もしかして、彼女とかいないほうがいいんじゃないかなって思ったの。フリーのほうが絶対ファンが増えるし、そうしたら、ひとりでも多くの人が涼の歌を聞いてくれるでしょ？」

「ユメちゃん……」

「だって、ブレイクしてほしいもん！　あんなに、頑張ってるんだし」

「うんうん」と、うなずく。

「でね、別の理由を作って涼に別れを切りだしたら、しつこく問い詰められて結局バレちゃって、すっごく怒られたぁ！」

「へぇ」

「ひとりで勝手に決めんなって」

「うん……」

ひとりで勝手に……決めちゃったのかな、わたしも。

「それから、俺の夢ナメんなって」

そう言ってユメちゃんは、ちょっとだけ笑った。

「彼女がいてもいなくても、たとえ愛人が十人いよーが、夢中で聴いてもらえる歌を俺は歌うんだ、アイドル目指してんじゃねーぞって、威張ってたし」

「ふふ、かっこいいね、坂田くん」

コクンと力強く、ユメちゃんがうなずいた。

「だけど、ユメちゃんがそんなことを悩んでたなんて、全然知らなかったや……。ゴメンね」

わたしがそう言うと、ユメちゃんは笑って首を横に振った。

「わたしはスモモに、いつも元気をもらってるもん。素直で明るいスモモを見てると、わたしも頑張ろうって思えちゃう」

そうしてユメちゃんは首をかしげて、わたしの顔を覗き込んだ。

「加島くんだって、そうなんじゃない？　あのときはケンカになって逆上して、あんな言葉が出ちゃったけど、あれが本心なのかな？」

「え？」

「加島くんも、いつもスモモに元気をもらってたと思うよ。励まされてたと思うよ。『好きだ』って言われたんでしょ？」

コクンとうなずく。

「だいたい、女の子と付き合ったぐらいで、タイムがグダグダになるような人だったら、最初からあんな記録、作れるわけないもん」

わたしに言い聞かせるように、ユメちゃんは力説してくれた。

「う……ん」

「とにかく、もう一度ちゃんと話し合うべきだよ。ふたりのことは、ふたりで決めなくちゃ」

「うん……」

ユメちゃんはそう言って、わたしの腕をキュッと掴んだ。

たしかに……。

加島くんのために別れようだなんて、ただのひとりよがりなのかもしれない。

だけど、坂田くんと違って、加島くんは別れることにすんなり同意したもん。

きっと、ホッとしてるんじゃないのかな。

今さらもう一度、話し合いたいなんて、ちょっと言えそうになくて……。

グラウンドに目をやると、加島くんがトラックを全速力で走るのが見えた。

もう二周ぐらい走ってる。

それから、ゆっくりと立ち止まり、前かがみになって太ももに手を置き、肩で息をしている。

わたしがいなくても、加島くんは走っている……。

腕でグイッと額の汗をぬぐい、彼はまた、まっすぐに前を見据えた。

かなりキツそう……。

だけど、わたしには、加島くんのいるその場所だけが、光が射して輝いて見えるよ。

風に彼の髪がなびく。

少し傾きかけた陽が、加島くんの汗に反射する。

夕暮れ前の静かな情景。

その中を加島くんはただひたむきに、熱く、走っていく。

そんな彼を、グラウンドの外から遠巻きに見ているファンの子たちはやっぱり健在。

中には、歩きながらスマホで写真を撮っていく男子もいた。

女子だけじゃない。

男子にだって、ひとりのランナーとしても憧れられているんだ。

そんな道を、加島くんはもう歩きはじめている。

もう、わたしの手には届かない人なのかもしれない……。


翌日。

冬休みの課題ノートを提出し忘れていて、わたしは昼休みに数学の先生のところまで、それを出しにいった。

教務室まで持ってくるように言ったわりに担当の先生はいなくて、別の先生がノート受け取ってくれたんだけど。

たしか、あれが陸上部の顧問の吉崎先生だ……。

数学の教務室は校舎の外れにあるから、普段はあまり使われていない階段をおりて、教室へと戻る。

薄暗い階段は、空気がそこだけひんやりとしていた。

踊り場の高い位置にある窓から、光が白く射し込んでいる。

「あ」

誰もいない階段を下から上がってくる人がいて、一瞬で、その姿に目を奪われた。

加島……くん？

なんでかな？

なんで、忘れようとしているのに現れちゃうんだろう。

顔を見ると、決意も揺らぐのに。

少し前傾気味に、タタタッてリズミカルにのぼってくる頭が、スッと上を向く。

おそらく今、加島くんはわたしを認識したはずだ。

先に目を逸らしちゃったから、よくはわからないけど。

――タン、タン……。

リズミカルな音が一変して、足音がゆっくりと一歩ずつのぼってくる。

たぶん、もうすぐ、すれ違う。

近くで顔を見たいけれど、やっぱり下を向いてしまう。

加島くんは、どんな顔をしているの？

うつむいて目を合わせようともしないわたしを、どう思ってる？

そのとき、上から騒がしい声がして、男子が数人ふざけ合いながら、階段を駆けおりてきた。

ドンッとひとりの体が肩に当たる。

「キャッ」

「あぶないっ」

加島くんの手が伸びてきて、足を踏み外しそうになったわたしを、グッと支えてくれた。

「大丈夫？」

「あ、うん」

思わず見上げた顔は、目の前三十cmぐらいのところにあって……。

変わらない、まっすぐな目がわたしを見つめている。

「ひぇ、ゴメン。あ、ありがとう」

あわてて体を離そうとすると、髪がなにかに引っぱられた。

「イタタッ」

見ると、加島くんの学生服のボタンに、おろした髪の毛が引っかかっちゃっている。

「わわ、ゴメンね、すぐに外すから」

あわてて加島くんのほうへと向き直り、引っかかった髪を外そうとするけれど、絡まっちゃって、ほどけない。

「いいよ、ゆっくりで」

落ちついた声でそう言った彼の吐息が、額にかかった。

うわ……近すぎる。

コツンと、彼の肩におでこが当たりそう。

もう顔を見上げることはできなくて、ただひたすらうつむいて、ボタンに絡まった髪をほどいていた。

なのに、細くてクセ毛のわたしの髪は、全然言うことを聞いてくれない。

てゆーか、もともと、もつれたところにボタンが絡まってしまったのか、焦るしドキドキするしで、むしろ、どんどん絡まっていくばかり。

「貸してみ、俺が取ってやる」

その声にドキッとした。

あー、いいな、この言い方だ……。

口数が少ないくせに、ちょっと俺様っぽい言い方をするんだ、加島くんって。
そんなことを考えながら、長い指が代わって髪を解いていくのを見ていた。
ドキドキして乱れそうになる息をひそめながら。
ふと、彼の指が動きを止める……。
ん？
顔を上げて、至近距離で目が合った。
黒い、まっすぐな瞳……。
「高梨と……付き合ってる？」
加島くんの声が、低くささやいた。
つ、付き合ってないよ！
声が出なくて、ただブンブンと首を横に振る。
そうしたら、「なんで？」と彼が聞いた。
なんでって……。
高梨くんとのことを誤解されたのは知っていたのに。
ちゃんと説明しなかったのは、自分なのに。
加島くんにそんなふうに思われてることが悲しくて、じわっと涙が浮かんだ。
次の瞬間……。

加島くんの手がボタンから離れて、その手はギュッと、わたしを抱きしめた。

え……。

髪も、肩も、背中も、腰も。

全部、制服の腕の中に閉じこめられる。

か……かしま、くん？

「紗百……」

耳もとに、加島くんの息がかかった。

は、初めてだ……、名前で呼ばれるのは。

「泣かなくていいから」

そう言って包み込まれた加島くんの腕の中で、時間だけが静かに流れていく。

ドキドキドキドキ……。

違う違う、ちゃんと聞いてもらわなきゃ。

ユメちゃんが言ったみたいに、ふたりで話し合わなきゃ。

そう思うのに、想定外の状況に心臓が飛びだしそうで、さらに現実から意識が遠のいていく……。

ただ、腕だけを夢中で伸ばして彼の背中をギュウッと掴んだ。

授業の始まりを告げるチャイムが遠くに聞こえていた。

加島くんの腕の中はあったかくて……。

ずっとずっと抑えていた気持ちで、胸がいっぱいになる。

好きだよ、加島くん……。

気持ちを抑えていると、苦しくて苦しくて、自分が自分じゃないみたいなんだよ。

「俺……」

彼がなにか言いかけたとき。

突然、階下から女の子たちの声が響いてきた。

「ヤッベー！　もう授業始まってるって」

バタバタと、すぐ下の階から足音が上がってくる。

その音に、加島くんはスッと腕の力を抜いて、わたしを解放した。

「急げ、急げ」

イタッ……。

髪の毛はまだ絡まったまま。

すると、加島くんはわたしの髪ではなく、制服から自分のボタンを、ブチッと引きちぎった。

絡まっていた髪が、とたんにフワッと自由になる。

コロン……。

そのボタンをわたしの手のひらに落として、彼は一段だけ、階段をのぼった。

「加島くん、教室に戻らないの？」

教室なら下だ。

「俺、顧問の先生に話があるから」

「そっか……」

「うん……」

お互いに、次の言葉を探している。

そうこうするうちに、さっきの声の主たちが階下から姿を現し、怪訝そうな目をこっちに向けた。

急ぎ足の女子たちはヒソヒソと、たぶん加島くんのことをささやき合いながら、また横をのぼっていく。

「じゃ、な」

「うん……」

そう言い残して、彼も階段をのぼりだした。

わたしはゆっくりと下におりて、廊下を行く。

授業中の廊下は、やけに静かで明るかった。

『俺……』

さっき、加島くんが言いかけた言葉の続きは、なんだったんだろう……？

結局、わたしは彼の誤解を解くことすら、できなかった。

さっき加島くんと会えたのは神様が奇跡的にくれた、たった一度のチャンスだったのかもしれないのに……。


教室に戻ると、もう授業が始まっていて、わたしは先生に一礼してから席についた。

机に置いた手のひらの上で、金色のボタンをそっと転がしてみる。

さっき、わたしは、なにを話せばよかったんだろう？

まずは、高梨くんとのことは誤解だって、わかってもらって……。

それから？

加島くんのことがすごく好きですって、伝えるの？

加島くんの夢をジャマしたくないよって、伝えるの？

もしさっき、その両方を伝えることができていたら、別れなくてもやっていける道を、わたしたちは選択することができたのかな？

加島くんは、それを望んでくれたのかな……。

「どーしたの？　そのボタン」

隣の席からユメちゃんが目ざとく発見して、ひそひそ声で聞いてきた。

「加島くんに……もらった」

「へぇー、なんか卒業式みたいだね」

何気ない言葉だったと思う。

だけどその響きが、妙に心に引っかかった。

昔からの風習かな？

好きな先輩の卒業式に、制服の第二ボタンをもらってる子がいたっけ。

そういえばこれ、第二ボタンだった。

「第二ボタンって、その人の胸にずっとあったボタンでしょ？　だから、離ればなれになっても一緒にいられるようにって願いを込めて、卒業の日にもらったりあげたりするらしいよ」

ユメちゃんが小声で教えてくれた。

離ればなれになっても……。

「まさか加島くん、転校とかしないよね～？」

たぶん冗談で、ユメちゃんが笑った。

「え」

ちょっ……ちょっと待って。

以前、加島くんがキャプテンから言われていた言葉を思い出した。

強豪校からの引き抜きの話があれば、行けばいいって。
施設や指導者も一流だから、自分を高めたければ、そういう学校に行くべきだって。
それから顧問の先生の問題とか、いろいろ言われてたっけ。
でもまさか、そんなこと……。
いや、でも授業をサボってまで、顧問の先生となんの話をしてるの？
……転校の相談じゃないの？
なんで、わたしにボタンをくれたの？
お別れだから？
それともこの学校の制服は、もういらないから？
すべてがそう結びついてしまう……。
まさか、まさか、まさか……。
ガタンと、思わず席を立った。
「ん？　どーした、立木」
先生の声がする。
「ほ、保健室に行ってきます」
そう言って教室を飛びだし、わたしは廊下を走った。
『俺……転校するんだ』

途切れた言葉の続きが、聞こえた気がした。

とにかく確かめよう。

加島くんが転校してしまうなんて、あるわけない。

彼がいない学校も、彼がいないグラウンドも、想像なんてできなかった……。

体が勝手に駆けだして
心が勝手に駆けだして
伝えたい言葉が、いっぱいいっぱい
胸にあふれてくるよ……
手を伸ばして

数学の教務室の前につき、ガラッと力任せに戸を開ける。

「え、立木さん？」

ちょうど、ま正面の机に顧問の先生と向き合って座っていた加島くんが、驚いて振り向いた。

「か、加島くん、転校なんてしないよね……？」

立ち上がった彼に、言葉を投げる。

「えっ、なんで知ってんの？」

加島くんはビックリして固まった。

「転校の話……してたの？」

「え、うん」

戸惑ったように、黒い瞳が揺れる。

「イ……ヤだよ」

そんなのナシだよ。

加島くん、わたしはまだ、なにも伝えてない……！

このまま離れちゃうなんてイヤだよ。

目の前まで来てくれた彼の腕を、ギュッと掴んで揺さぶった。

声が震える。

加島くんがいなくなってしまう……。

「好きなの……。高梨くんじゃないよ。わたし、加島くんのことが好き……！」

やっと言えた言葉に、涙がボロボロとこぼれた。

「リレーの練習を見てもらうようになってから、加島くんのこと、いっぱい知って、どんどん惹かれていって……、だから告白されたとき、すっごくうれしかったよ」

グシグシッと手の甲で涙をぬぐった。

「だけど、この前ケンカしちゃって、他の強化選手たちが男女交際を禁止されてるって聞いて、加島くんもそのほうがいいのかなって思ったの」

「え」

戸惑った視線が、わたしに注がれる。

「わたしがガマンすればいいんだって思った。加島くんのジャマになるぐらいなら、彼女でいるの、やめようと思った。加島くんの景色を壊したくはなかったの」

「景色……？」

「走ってるときに加島くんが見る景色だよ。空？　グラウンド？　いつも、まっすぐ見てるでしょ？」

「俺？」

「うん」

グラウンドを走る加島くんの雄姿が浮かんだ。

「そんなふうに……まっすぐな目をして走る加島くんが好きなの。わたしには見ることができないけれど、その中に映ることもないけれど……。加島くんには、ずっとその景色を見て走り続けてほしい。そんな加島くんを見ていたいよ。それだけで、わたしはうれしいから」

言えた。

一気に思ってることを全部言った。

「待てよ。だから、別れることに……したの？　俺のジャマをしないために？　他の学校のヤツらの話、俺がしたから？」

加島くんの声が早口で聞いてくる。

彼の顔が紅潮して、目がまっすぐにわたしを見るから、怒られているみたいで、声が小さくなった。

「わたし、やっぱり振り回しちゃいそうだし……加島くんが陸上に集中できなくなったら困るもん。遠くから見てるだけで、よかった」

うなずくわたしに、彼が絶句する。

「なのに……。加島くんが転校しちゃったら……もうそれすら、できなくなる。加島くんが走る姿、見られなくなっちゃう……」

悲しくて悲しくて、また涙があふれてきた。

「……」

言葉を失って、呆然と立ち尽くす加島くんの頭を、誰かが不意にポコンと叩いた。

「わっ！」

忘れてた。

吉崎先生もいたんだった。

頬が紅潮するのがわかる。

「加島、お前なぁ、ぼんやりしてる場合かよ」

先生はいつの間にか、わたしたちがいる入り口のところまで来ていて、加島くんにそう言った。

「さっさと否定しろって」

「え、なにを？」

「バカ。お前、転校すんの？」

「や、しません」

と加島くんが答える。

は？

えっ？

「し、しないの？」

「ゴメンね、彼女。加島のコミュニケーション能力の低さは、常人では計り知れないレベルなんだ」

と、吉崎先生が苦笑した。

「加島の言う『転校の話』っていうのは、転校する話じゃなくて、転校しないって話なんだ」

「は？」

なにがなんだか、わけがわからない。

「『俺、転校したくないんですけど、いいですか？』って、コイツは今、俺に、相談に来たとこ」

「え、そうなの？」

思わず、隣を振り返る。

「うん。まぁ」

気まずそうに、コクリと、加島くんがうなずいた。

ええーーーーーっ!?

ひとりすっごいテンションで飛び込んできて、涙を流しながら想いをブチまけた自分を思い出し、めまいがしてくる。

「な、なんだ。だったら、いいや。カン違いしちゃった。へへ、ゴメンね」

恥ずかしさのあまり、逃げるように立ち去ろうとすると、手首をガッと加島くんに掴まれた。

「話がある。けど、ちょっと待ってて。先に先生に言うことがあるから」

ものすごく真剣な表情。

「う、うん」

「バーカ、せっかくいいとこなのに、俺のほうを後回しにしろよ」

先生が気をつかって、そう言ってくれた。

「いや、先生に聞かれるのヤだし、先に先生のほうをサッと済ませますんで」

なのに加島くんってば、かなり失礼なことをとっても冷静に言った。

「はいはい」

肩をすくめた先生に体ごと向き直り、加島くんが話を始める。

身の置き場がなくてキョロキョロしてたら、「一緒に聞いてて」と、彼が低くささやいた。

さっき、掴まれた手首はまだ赤くなっていて、彼がとっさに力加減なく引き止めてくれたことがわかる。

「陸上部に新しいコーチが来るって本当ですか？　その先生が顧問になるって、みんな騒いでます」

「おー、来るぞ。陸上指導に関してはプロだ」

吉崎先生はうれしそうに答える。

「陸上部の連中は、誰もそんなこと求めていません。吉崎先生を信頼してるし、顧問を続けてもらいたいと願っています。もし、その新しい先生が俺のために赴任してくるんだとしたら……俺は、自分が転校して、その話をつぶしてしまおうと思っていました」

加島くん……。

「だけど俺、やっぱり、ここにいたい……。だから、先生に相談に来ました。新しいコーチが来たとしても、吉崎先生も顧問を続けていただくわけにはいきませんか？お願いします」

加島くんが先生に頭を下げた。

そういう話をしにきたんだ……。

「うん、続けるよ」

なのに、先生はいともあっさりと、そう答えた。

「来年からは、お前を目指して地元の足の速いヤツらがたくさん入学してくると踏んでいる。部員が増えるから、顧問も副顧問もひとりずつ増員だ」

「え、そうなんですか？」

「それに新しい指導者は俺が上に頼んで引っぱってきてもらったんだからな。上級者にも、的確なアドバイスができるように」

先生はちょっと誇らしげな顔をする。

「だから、お前はここにいろ。いい学校はたくさんあるかもしれないけれど、あと一年、わざわざ環境を変えて賭けに出る必要はないよ」

人見知りのくせにさー、と先生が笑った。

そうして、少しマジメな面持ちに戻って、吉崎先生はこう続ける。

「お前が一年のとき、つぶれかけたのは俺のせいだ、加島。俺が、お前を守ってやれなかった。俺だって、もう二度とあんな思いはしたくないよ。これでも、ちょっとは学習したんだぜ」

そうだ……。

加島くんが新記録を樹立してすぐに、陸上部の練習場所が変わって、外部の人の目や声にさらされなくなったっけ。

マスコミの加島くんへの取材も限定されているみたいだし、経験豊富なコーチも赴任してくる……。

それは全部、この先生が手配したことなんだ。

「口下手なお前のことだから、その新しい先生とうまくやってけるのかはビミョーだしな。俺も残って、ちゃんと見守ってやるよ」

「は……いっ。よろしく、お願いします……！」

いつも冷静なはずなのに一瞬詰まった加島くんの声に、なんだかこっちまでジーンとしていた。

「けど、そんな指導者を引っぱってくるなんて、よく上の先生方を納得させたなって思うだろ？」

先生が得意げに言った。

「はぁ、そう言われればそうですね」

「少子化の時代だから公立高校も生き残りをかけていろいろ大変なんだ。加島に便乗してウチは陸上部を強くし、それを売りにしましょう、なんて教頭をそそのかしたんだぜ」

「ハハッ、やり手ですね」

子どもみたいに笑った加島くんを見て、先生も満足そうに微笑む。

それから、先生は少し声をひそめてこう言った。

「加島には、他にも転校したくない大事な理由があるみたいだし、な。まー、終わったらカギ閉めて職員室に持ってきてよ」

そう言いながら加島くんの手に、この部屋のカギをすべらせ、吉崎先生は教務室を出ていった。

よかった……。

わたしが守りたかった加島くんのことを、ちゃんとした大人の立場でしっかり守ってくれている人がいるんだ。

それがわかって、ホントにホントにうれしかった。

だけど、その反面、わたしが頑張っていたことなんて、ちっぽけで、独りよがりで、なんの役にも立たなくて。

しかも、それすらやり通すこともできなくて……。

自分の無力さがバカみたいに思えて、情けなかった。

「い、いい先生だね」

突然、ふたりっきりになった小さな部屋。

場をつなぐために言った声が妙に上ずっている。

「うん」

そううなずいた加島くんは、先生が出ていった入り口のサッシをガラリと閉めた。

そうしてカチッとカギをおろす。

ヒェ……。

「誰にもジャマされずゆっくり話したいから、閉めるよ」

「は、はい」

それだけでドキドキする。

加島くんは部屋の中央まで歩いていくと、事務机のところにある回転イスを二脚、ゴロゴロと移動させ、窓に向けて並べた。

それから入り口付近で立ち尽くしているわたしのところに戻ってきて聞く。

「座る?」

「う、うん」

小さな子どもにするみたいに小首をかしげて顔を覗き込むから、ドギマギしながら、うなずいた。

そうしたら、加島くんはスッとわたしの手を引いて、イスのところへ連れてってくれた。

ふたり並んで腰をおろす。

「気持ちいいから、本当はもっと窓辺に行きたいんだけど、外から見つかると怒られるからな」

「授業中だもんね」

へへっと笑ったわたしの顔を、彼は静かに見つめていた。

「その授業中に飛んできてくれたんだもんな、立木さんは」

「う……？」

カン違いしたことを思い出して、赤くなる。

「どーして、俺が転校するって思ったの？」

で、当然ながら、そう聞かれた。

「だって……ボタンくれたし」

「さっきのボタン？……渡したっけか？」

なんて加島くんは呟いた。

ハァ……覚えていないようなことだったのか。

「あんときは俺、激しく動揺してたから覚えてねーや」

加島くんがポツッと言った。

「動揺？」

今度はわたしが彼の顔を覗き込む。

「思わず抱きしめちゃって……でも立木さん、逃げずにいてくれただろ？　ギュッと背中に手を回してくれた」

「うん……」

「あれがスゲー可愛くて、スゲーうれしくて、ヤバかった」

「ホントに?」

「うれしすぎて、死んだかと思ったし」

ハハッて照れくさそうに笑うから、胸がキュンッてする。

それから加島くんはポツポツと、自分の気持ちを話してくれた。

「実は俺……一年のときの体育祭でキミを助けたときから、ずっと立木さんのことが好きだった。遠巻きに見るキミは可愛くて……いつも輝いて見えたよ」

加島くんが、なつかしそうな笑みを浮かべる。

そんなに前から、わたしのこと知ってたんだ。

てゆーか、なんで、わたしは覚えてないの、バカ。

「二年になって同じクラスになれて、うれしかったんだけど、全然しゃべれなくて。諦めてたら、一緒にリレーの練習をすることになっただろ? あんとき俺、相当テンション上がってたんだぜ」

なんて言う。

ウソだ、ウソだ。めちゃくちゃ無愛想だったもん!

「癒し系かと思いきや意外と強気な立木さんの、優しいところや泣き虫なところも知って、ますます好きになっていった」

そう言ってから、彼はこっちに向いていた体を前に戻して、窓の外へ目をやった。

最上階のこの窓から見える冬空は、青く、よく晴れている。

はるかな空に、飛行機雲がスーッと一本伸びていく。

映画館でスクリーンを観るように、わたしたちは並んで座り、窓の外を眺めていた。

「体育祭が終わってもそれっきりにしたくなくて、あの日、告白したんだ」

「うん……」

「OKもらって、一〇〇mのタイムも更新できて、今が人生のピークじゃねーかってほどに充実していた」

そう言いながら加島くんは鼻の頭をポリッとかいた。

「OKしてくれたから、俺のことイヤじゃないんだとは思っていたけど、まさか、そんなふうに想ってくれてるなんて全然知らなくて……。自分としては、まだ片想いの延長線上にいるような気持ちでいたんだ」

彼はぽつぽつと言葉を続ける。

「逆に、立木さんが昔、高梨のことを好きだったってことは小耳に挟んでたから知っていて……だからあのライブの日、高梨に抱かれてうなずいているのを見たとき、あーもうダメだなと思ってしまった。終わったなって……」

フー……と加島くんは息をついた。

「アイツ、イケメンだし、立木さんの中では俺と付き合ってること自体、ただ順番が狂っちゃっただけなんだって思った」

「そんな……」

「だから、キミがアイツを選んだなら、俺は潔く身を引こうと思ったんだ。俺が自分の気持ちをぶつけても、キミを困らせるだけだから……」

……そんなこと考えていたんだ。

「彼氏らしいことをなにもしてやれなかった俺が、最後にしてあげられるのは、それぐらいのもんだと思った」

クルッと加島くんはイスごとこっちを向き、それからわたしの回転イスをクイッと回して、自分のほうに向けた。

膝が触れるほど、マトモに加島くんと向き合う。

「だけど俺、間違ってた。別れるにしても、続けるにしても、覚悟を決めて思いをちゃんと伝えるべきだった。キミの気持ちを確かめるべきだった。キミにハッキリと拒絶されるのが怖くて……俺にはそれができなかったんだ」

ゴメン、と加島くんが頭を下げた。

「きょ、拒絶なんてしないよ！　わたし好きだもん。加島くんのこと、誰よりも一番好きだもん！」

「うん……」

短くそうなずいた加島くんの黒い瞳が揺れる。

照れているのがわかって、なんだかすごく可愛かった。

「立木さん、俺ともう一度、付き合ってくれる？」

真正面から、まっすぐにそう聞かれた。

「あ、でも……」

それでも、やっぱりそうなると、加島くんの夢を壊してしまいそうで怖いよ。

「俺、陸上ちゃんと、頑張るから」

「でも……わたしがいたら、足を引っぱっちゃうかも」

厳しい世界なんだ、加島くんのいる世界は……。

「紗百、俺」

だけど、黒く強い光は、まっすぐにわたしを捉えたまま動かなかった。

「キミがいないと走れない」

一瞬……時間が止まったような気がした。

「そんなはず……」

「あるよ」

強気な瞳に、優しく切ない色が差す。

そんな目で見つめられたら、ジーンとして、胸がキュウッとして、もうなにも言えなくなる……。

返事をするより先に、涙がじわっと込み上げてきて、夢中でコクコクうなずいた。

「いい？」

「うん」

加島くんを信じよう。

自分を信じよう。

その言葉に値する人になりたい。

加島くんが好き。

……大好き。

もう、ありえないくらい好きだよ！

加島くんと、ずっとずっと一緒にいたい……！

イスを片づけて、ふたりで部屋を出るとき……。

サッシにおろしたカギをあげようとするわたしの手を、加島くんの手が制した。

ドキッとして振り向いたら、真顔の彼が名前を呼ぶ。

「紗百」

「ん？」

返事をしただけなのに、無愛想な表情がふわっとほどけて、うれしそうに「アハハ」と笑った。

「紗百」

「なに？」

クスクス笑われる。

うーむ、これ、からかわれてるな。

「紗百」

「ん？」

今度は耳もとに唇を寄せて、彼はそっと、ささやいた。

「……大好きなんだ」

加島くんの冷たい指先が頬に触れ、まっ赤になった耳たぶに触れ、それから彼はわたしの唇に、優しく甘いキスをした……。

『走る加島くんがまっすぐに見つめる景色を、
わたしは見ることができない。
その中に映ることもない……』
あの子はさびしそうに、そう言った
駆け抜けるゴールの先に

【Side加島】


無心で駆け抜けるコース。

うしろに流れていく景色。

なにを見てるかなんて考えたこともなかった。

風を感じて、地面を感じて、いつ体を起こすとか、どこまでMAXで行くかとか、他のランナーのこと? 今日の調子とか……。

走っているときはそんなことを考えていて、景色を見ている感覚はなかった。

『走ってるときに加島くんがまっすぐに見てる景色を、わたしは見ることができない。その中に映ることもない……』

だけど、あの子にさびしそうに、そう言われて、思いがけなくて、なんだか可愛かった。

そんなことを考えるんだなって思った。


再告白から数日たって……。

放課後、部室でウェアに着替えて、それからグラウンドには向かわずに校舎の下で待っていた。

ちょうど本荘が校舎から出てくる。

「えっと、紗百、まだ教室にいた？」

「誰？」

「紗百」

聞こえなかったみたいなので、もう一度言い直すと、本荘の顔がパッと輝いた。

「ブッ！　アンタ、スモモのこと、いつから下の名前で呼んでんだよ？」

「え、先週……」

「付き合ってんの？」

「うん、まぁ」

ボソッと答える。

「そっかぁ、よかった。せっかくアドレス教えてやったのに、加島いつになったら告るんだよって思ってたんだ」

いやいや、付き合って別れて、また付き合いだしたんだ。

なんてことまで言わねーけど。

「スモモなら、教室でゴリラに言い寄られてたぞ」

思い出したように本荘が言った。

「ええっ？」

「男バスのマネージャーやらないかって、誘われてたみたい」

「えーっ？　なんでだよ？」

「さぁ？　好きなんじゃない？」

「えっ……」

「つーか、ゴリラなんか大丈夫でしょ！　あわてんなよ、見苦しい」

本荘があきれ顔になる。

「バーカッ、鈴木はいいが、あそこはイケメンぞろいなんだ。男子バスケ部」

「たしかに……。手が早そうなヤツばっかだ」

「だろっ？」

あわてる俺がおかしいのか、本荘が笑いをこらえている。

ム……。

「あっ、来た来た。直接、本人に聞きなよ」

ちょうどそのとき、校舎から立木さんが……いや、紗百が、夢崎さんと出てくるのが見えた。

「スモモー！」

と大きな声で呼んだのは、本荘。

気がついて駆けてくる彼女のツインテールがピョコピョコ跳ねる。

「鈴木に、なんか言われたって？」

俺が聞いたら、「そーなの！」と紗百は目を丸くした。

まだ、驚いているらしい。

「男バスのマネージャーやってみるか？って。スコアのつけ方とか教えてやってもいいぞって」

なんだ、その上からな言い方は。

「引き受けたの？」と本荘。

「まっさか〜」

紗百は当たり前のように、そう答えた。

「『興味ないからいい』って断ったら、『ヒマそうだから誘っただけだ。気にすんな』だって。ぜーんぜん気にしてないし」

無邪気にケラケラッて笑うキミ。

うーむ。

可愛い顔して、ときどきバッサリいくからな。

おそらく下心アリだった鈴木のことが、ほんのちょっぴり哀れになった。

「加島が心配して焦ってて、おもしろかったよ」

なんて本荘がバラす。

「ウソばっか」

目が合うと、そう呟いて、ポッと染まった顔が恥ずかしそうに笑った。

う〜、やっぱこの笑顔は誰にも渡せねー。

ゴメンな、鈴木。

「ちょっと紗百借りていい？」

夢崎さんに断ってから、紗百の手を取り、グラウンドへと向かう。

直線コースの一〇〇m。

ゴール地点に、彼女を連れていくために。

「加島くん、なにするの？　メチャクチャ目立っちゃってるよ」

そういえばさっきから、紗百の手を引いて歩いていると、やたらと声をかけられた。

「えーっ、お前らそーゆー関係？」って。

クラスメイトに聞かれたから、俺が黙ってうなずくと、みんなは、わーわー騒ぎだしたりして……。

中には半泣きになってる女子もいたけど、ほとんどが笑顔で祝福してくれた。

つーか、かなり冷やかされた。

わけもわからず俺に引っぱられて歩く紗百は、「なんなの？」「どーしたの？」って、さっきから、そればっかり。

「付き合ってるってバレちゃったし、誰かにイヤがらせされたら言えよ」

心配になってそう言うと、キョトンと俺を見上げた紗百は、コクンと力強くうなずいた。

「いい？　向こうの時計塔からここまでが、直線で一〇〇mだ」

不思議そうに見上げる紗百をゴール地点に立たせて説明する。

「ふ～ん。なにが始まるの？」

「俺が向こうから走ってくるから、ここで待ってて」

「え、なんで？」

「えっと……今日はキミだけを見て走るよ。俺の景色に、映ってみる？」

ポカンとした彼女の顔が、徐々に紅潮してくる。

我ながら、かなりサムいことを言った……。

でも紗百は、小さく呟いたんだ。

「ありがと……」

いつもその声が勇気をくれる。

俺はジャージの上着を脱いで彼女に預け、半袖になった腕をぐるりと回しながら、スタート地点へ向かった。

白いラインに立って前を見ると、遠くに小さな紗百がちょこんと見える。

よし、待ってろ……！

俺は両手を地面につき、落とした腰を上げる。
そして、クラウチングスタートで飛びだした。

走れ。
風を切れ。
いいスタートだ。
足が軽快に前に出る。
まわりの景色がブッ飛んでいく。
このまま、紗百のもとへ風を連れてけ。
低い体勢から徐々に体を起こしていくと、目の前が明るく開けてきた。
ゴールの向こうに紗百が見える。
表情までは見えないけど、たぶん大きな目を見開いて、まっすぐに俺を見ている。
風を切って、
地を蹴って、
キミに向かって、
今、ゴールした。

「どうだった？」

ゴールを走り抜けて、そこで固まっている紗百のところまで戻って声をかける。

「すごい……」

目の前の紗百は、ため息のように呟いた。

それから目を輝かせ、胸の前で小さな手を両方ともグーにすると、興奮気味に語ってくる。

「すごいよ、加島くん！　すっごい速かった！　グングン近づいてきて、もうぶつかっちゃうかと思った！　すごいね……っ。やっぱ、すっごく速いや！」

「いや、スピードのことじゃなくてさ……」

気持ちを知りたかったんだけど。

顔を上気させて「速い！」、「すごい！」を連発する紗百。

う〜む。

女の子の気持ちはよくわかんないけど、それでも喜んでくれてるみたいだし、まっいっか。

なんて考えながら、一生懸命感想を述べてくる紗百の顔を眺めていた。

気がつくと、かる〜く人だかりができている。

下校中だったヤツらも集まっていて、グラウンドの外から遠巻きに、俺が走るのを見ていたようだ。

今、告白してるふうにでも見えてんのかな。

ピューッと、指笛が鳴ったほうに目をやると、高梨が遠くのほうに立ってこっちを見ていた。

高梨は片手を突きだし親指を立てて、『グッジョブ』のポーズを見せてくる。

プフッ、いーヤツじゃん、と吹きだしたら、ヤツの口の形がゆっくり動いて「バーカ」と言った。

ム……。

ゲラゲラ笑ってやがる。

それから、ヤツは手をヒラヒラさせて、どっかに行ってしまった。

目の前の紗百はそれには気づかずに、「すごかった……」なんて、まだ呟いている。

「あのさぁ……予定では、ここでキミが、ギュッと俺に抱きつくことになってるんだけど」

「えっ」

紗百が、固まった。

キョロキョロとあたりを見回して、困った顔で俺を見上げる。

「みんな見てるよ……?」

「いーよ、俺は」

見上げた顔が、みるみるまっ赤になっていく。

「ははは、ウソだよ」

腕を伸ばして、指先でそっと彼女の髪に触れると、フワッと柔らかな、いつもの感触がした。

俺の手が離れるのを目で追うように、紗百が上目づかいに俺を見る。

「あのね、走る加島くんの真剣な目が、大好きな目が、まっすぐにわたしだけを見ていてくれて、すっごくうれしかった。夢みたいだった……」

一生懸命くれた言葉。

「ホントに？」

「うん」

「それ……早く言えって」

俺が笑うと、彼女もへへッて、恥ずかしそうに笑った。

「だって感動しすぎて、うまく言葉にならなかったんだもん」

そうして預けていたジャージを差しだしながら、妙にマジメに紗百は言った。

「わたし、今日のこと一生忘れない！　おばあちゃんになっても覚えとくから」

「ははは、なんの宣言だよ」

ジャージの袖に腕を通しながら、キュッと口を結んだ決意の表情を見つめる。

こんな可愛いのが見られるなら、いつだって走ってやる。

「俺も紗百がゴールの先にいる姿、しっかり目に焼きつけたから。これで、次の大会での新記録も夢じゃねーな」

「え」

「今の走り、公式でタイム計ってたら、結構ヤバかったかも」

「でしょ!? すっごい速かったもん!」

とたんに目を輝かせるキミ。

『いつかオリンピックに連れてってやる』なーんて言えたらいいけど、口にしたら薄っぺらなジョークみたいだ。

実現できるよう、頑張んなきゃな。

その努力の先に、もしそんなサプライズができたなら、泣き虫のキミは、きっと泣いちゃうんだろうけど……。

バフッ。

そのとき、背中に紗百がしがみついてきた。

うしろから腕を伸ばして、俺のジャージの胸のあたりをギュッと掴む。

え、え、えっ?

ヤバい、不意打ちだ。

「みんな見てるけど、いいの？」

かすかに感じるぬくもりに、鼓動があわてだす。

「か、加島くんのリクエストだから！」

ウソだろ？　可愛すぎる。

「大好き……」

かくれんぼみたいに声だけする。

「プ、なんでうしろから？」

「だって……恥ずかしいよ」

背中に、トンと額が当たった。

まったくもう、俺の彼女は……、いつも思いがけなく、いとも簡単に、俺の心をさらっていくんだ。

強く握った小さな手を、俺の胸にとまったその大切な固まりを、俺は自分の手のひらでギュッとおおった。

END.

あとがき

たくさんの本の中から、この本をお手に取っていただき、ありがとうございます。

清々しくて胸がキュッとするような青春ラブストーリー。そんなものにいつも憧れている気がします。

自分には、もうなくなってしまったからかなぁ？（笑）

そのキラキラ感を閉じ込めたくて、自分なりに綴《つづ》った物語です。

……いかがだったでしょうか？


無愛想で超無口、一見冷たそうな陸上部のエース・加島くん。

素直で伸びやか、運動音痴の天然少女・紗百。

お互いに、相手の想定外の言動に、ポッカーンとしたり、笑っちゃったり、ときには感動すらおぼえつつ……心揺さぶられていくふたり。

そうして最後には、『大切な人を守りたい』という強い想いに、立ちすくんでしまう……。そんなふたりの不慣れな恋です。

彼女の笑顔が、涙が、ストイックな彼の心に、どう沁み込んでいくのか。

口べタな彼が発する一言一言が、ピュアな彼女の心をどう震わせるのか。

一緒にキュンキュンしていただけたなら、とてもとてもうれしいです。

そして、ふだんはなんの接点のないクラスのみんなが、体育祭を通して、ぶつかり合ったり心を通わせたり……。そんな出会いも、この物語を描いていて楽しいところでした。


今回この物語をタイトル改め野いちご文庫として蘇らせていただき、スターツ出版の皆さま、イラストレーターのななさま、ご尽力いただいたすべての方々に心から御礼申し上げます。

そして読者の皆さま……。自分の書いたものを読んでくださる方がいるということは、本当にもうこの上ない幸せです。ありがとうございました。

どうか皆さまに素敵な出会いが、いっぱいいっぱい待っていますように……！

それではまた。心からの感謝を込めて……☆

二〇一九年一月二十五日　tomo4

本作は二〇一四年一月に小社より刊行された「キミの風を感じて」に、
加筆・修正をしたものです。
この物語はフィクションです。実在の人物、団体等とは一切関係がありません。

tomo4先生への
ファンレター宛先

〒104-0031 東京都中央区京橋1-3-1 八重洲口大栄ビル7F
スターツ出版(株) 書籍編集部気付 tomo4先生

キミに届けるよ、はじめての好き。

2019年1月25日 初版第1刷発行

著者 tomo4

発行人 松島滋

イラスト なな

デザイン 齋藤千恵子

DTP 朝日メディアインターナショナル株式会社

編集 本間理央 酒井久美子

発行所 スターツ出版株式会社
〒104-0031
東京都中央区京橋1-3-1 八重洲口大栄ビル7F
出版マーケティンググループTEL 03-6202-0386
(ご注文等に関するお問い合わせ)
https://starts-pub.jp/

印刷所 共同印刷株式会社
Printed in Japan

ISBN 978-4-8137-0615-1 C0193

恋するキミのそばに。

♥野いちご文庫人気の既刊！♥

『今夜、きみの手に触れさせて』

tomo4《トモヨ》・著

おとなしい性格の青依は、ひょんなことから同じクラスの純太と仲良くなる。彼は最近学校にきていないし、派手な友達も多い、青依とはまるで別世界の人。でも無愛想だけど実は優しい一面を知って、どんどん惹かれていく。純粋で不器用、切なくてキュンとする、じれったい初恋の物語。

ISBN978-4-8137-0358-7　定価：本体600円＋税

『空色涙』

岩長咲耶《いわながさくや》・著

中学時代、大好きだった恋人・大樹を心臓病で亡くした佳那。大樹と佳那はいつも一緒で、結婚の約束までしていた。ひとりぼっちになった佳那は、高校に入ってからも心を閉ざしたまま過ごしていたが、あるとき闇の中で温かい光を見つけ始めて…。前に進む勇気をくれる、絶対号泣の感動ストーリー。

ISBN978-4-8137-0592-5　定価：本体600円＋税

『あのね、聞いて。「きみが好き」』

嶺央《れお》・著

難聴のせいでクラスメイトからのひどい言葉に傷ついてきた美音。転校先でもひとりを選ぶが、桜の下で出会った優しい奏人に少しずつ心を開き次第に惹かれてゆく。思い切って気持ちを伝えるが、受け入れてもらえず落ち込む美音。一方、美音に惹かれていた奏人もまた、秘密をかかえていて…。

ISBN978-4-8137-0593-2　定価：本体620円＋税

『おやすみ、先輩。また明日』

夏木《なつき》エル・著

杏はある日、通学電車の中で同じ高校に通う先輩に出会った。金髪にピアス姿のヤンキーだけど、本当は優しい性格に惹かれ始める。けれど、先輩には他校に彼女がいて…。“この気持ちは、心の中にしまっておこう”そう決断した杏は、伝えられない恋心をこめた手作りスイーツを先輩に渡すのだが…。

ISBN978-4-8137-0594-9　定価：本体610円＋税

書店店頭にご希望の本がない場合は、書店にてご注文いただけます。